Es ist das große Finale im Romanzyklus um die Modeschöpferin Marie: Nach den gefeierten Vorgängern *Sich lieben, Fliehen* und *Die Wahrheit über Marie* folgt Jean-Philippe Toussaints namenloser Erzähler noch ein letztes Mal seiner großen Liebe – von einer Modenschau in Tokio über das herbstliche Paris bis auf die Insel Elba, wo es einen Todesfall gegeben hat. Unter einem Schleier aus Kakao, der sich nach einem mysteriösen Fabrikbrand über die Insel legt, wird ein Geheimnis gelüftet, das für das Paar alles verändern kann. Und Toussaints Prosa, abgründig und leicht, zeigt den Menschen im Moment seiner größten Schutzlosigkeit: als Liebenden.

Der Belgier JEAN-PHILIPPE TOUSSAINT, geboren 1957, ist Schriftsteller, Drehbuchautor und Regisseur und gilt als einer der größten Stilisten der französischen Gegenwartsliteratur. 1985 betrat er mit dem Kurzroman *Das Badezimmer* die literarische Bühne und hatte auf Anhieb einen gewaltigen Erfolg. Toussaint lebt abwechselnd in Brüssel und auf Korsika.

Jean-Philippe Toussaint

Nackt

Roman

Aus dem Französischen von Joachim Unseld

btb

Die Originalausgabe erschien 2013 unter dem Titel »Nue«
bei Les Éditions de Minuit, Paris.

Dieses Buch erscheint im Rahmen des Förderprogramms des französischen Außenministeriums, vertreten durch die Kulturabteilung der französischen Botschaft in Berlin.

Die Übersetzung dieses Werkes wurde gefördert durch die Communauté française de Belgique.
Avec le soutien de la Communauté française de Belgique.

Das Dante-Zitat stammt aus *Vita Nuova*
(aus dem Italienischen von Kurt Federn)

MIX
Papier aus verantwortungsvollen Quellen
FSC® C014496

Verlagsgruppe Random House FSC® N001967

1. Auflage
Genehmigte Taschenbuchausgabe Dezember 2016,
btb Verlag in der Verlagsgruppe Random House GmbH,
Neumarkter Str. 28, 81673 München

Umschlaggestaltung: semper smile, München
Umschlagmotiv: © plainpicture/Johner/Susanne Walstrom
Druck und Einband: GGP Media GmbH, Pößneck
cb · Herstellung: sc
Printed in Germany
ISBN 978-3-442-71363-9

www.btb-verlag.de
www.facebook.com/btbverlag
Besuchen Sie auch unseren LiteraturBlog www.transatlantik.de

Von ihr in einer Weise sprechen,
wie noch von keiner je gesprochen.

Dante

Herbst-Winter

Neben den aufsehenerregenden Kreationen einiger Kleider, die Marie früher entworfen hatte – das Kleid aus Sorbet, die Robe aus Dornginster und Rosmarin, das Gewand aus Meeresgorgonen, das mit einer Halskette aus Seeigeln und Venus-Ohrringen verziert war –, wagte sich Marie manchmal über die Grenzen der Mode auf ein weit experimentelleres Gebiet hinaus und näherte sich damit den radikalsten Versuchen der zeitgenössischen Kunst. Ihre theoretischen Überlegungen zur Idee der Haute Couture hatten sie zum Wortsinn *Couture* zurückgebracht, als Zusammenfügen von Stoffen mittels verschiedener Techniken, des Vorwärtsstichs, Heftstichs, Häftelns oder Verschweißens, womit die Stoffe auf den Schneiderpuppen und auf der Haut im Atelier zusammengefügt und miteinander verbunden wurden, um in diesem Jahr in Tokio ein besonderes Kleidungsstück zu präsentieren, eine Haute Couture ohne Couture, eine Nähkunst ohne Naht. Mit ihrem Honigkleid erfand Marie ein Kleidungsstück ohne jede Verbindung oder Befestigung, ein Kleid, das auf dem Körper des Mannequins selbst haftete, das frei und leicht schwebte, flüssig und schmelzend, langsam und sirupartig abtropfend, wie schwerelos im Raum und dem Körper des Mannequins so nahe wie möglich, weil der Körper des Mannequins das Kleid selbst war.

Das Honigkleid wurde zum ersten Mal im *Spiral* in Tokio vorgeführt. Es war der krönende Abschluss von Maries aktueller Herbst-Winter-Kollektion. Am Ende des Defilees trat das letzte Mannequin aus den Kulissen, bekleidet mit diesem Kleid aus Bernstein und Licht, als wäre sein Körper vollständig in einen überdimensionalen Honigtopf getaucht worden, bevor es auf den Laufsteg gekommen war. Nackt und in an ihm herabtropfenden Honig gebadet, schritt es lächelnd und auf hohen Absätzen, die Hüften im Takt der Musik rhythmisch bewegend über den Laufsteg, gefolgt von einem Bienenschwarm, der, vom Honig angezogen, ihm in der Luft ein summendes Geleit gab, eine langgezogene abstrakte Wolke aus dröhnenden Insekten, die dem Schaulauf des Models folgte und, mit ihm am Ende des Laufstegs angekommen, eine plötzliche und wirbelnde Kehrtwende machte, wie die Projektion eines zerzausten, sich schlängelnden lebendigen Schals von durcheinander wimmelnden Hautflüglern, die es hinter sich herzog noch in dem Augenblick, als es den Laufsteg wieder verließ.

So zumindest war es geplant gewesen. Tatsächlich hatten sich die Probleme gehäuft, die Präsentation des Honigkleids im *Spiral* in Tokio hatte Monate der Vorbereitung erfordert und die Bildung eines kleinen Stabs von Spezialisten, die sich eigens der Entwicklung des Projekts »Honigkleid« widmeten. Und von Beginn an musste die Entscheidung getroffen werden, ob man mit echten Bienen arbeiten oder ein System ferngesteuerter, künstlicher Insekten aufbieten sollte, wobei man sich auf die neueste Forschung der Biorobotik stützen konnte, die es erlaubt hätte, winzige Flugroboter mit elektronischen Sensoren im Bauch einzusetzen. Nach eingehender Prüfung der Frage und zahlreichen E-Mails, die zwischen Paris und Tokio hin- und hergingen, mit reizenden kleinen Konstruktionszeichnungen miniaturisierter fliegender Prototypen im Anhang, die auf rätselhafte Weise den Flugmaschinen Leonardo da Vincis ähnelten, stellte sich schließlich heraus, dass es technisch möglich war, einen echten Bienenschwarm über den Laufsteg fliegen zu lassen. Ausschlaggebend für den positiven Befund war der Hinweis der Mitarbeiter Maries, dass Bienenkolonien gehorsam sind und ihrer Königin blindlings überall hin folgen (wenn es einer Bienenkönigin gelingt, aus einem Bienenstock ins Freie zu entkommen, dann folgt ihr die ganze Kolonie, so dass manche Bienenzüchter nicht davor zurückschrecken, ihren Bienenköniginnen die Flügel zu stutzen, um einen solchen Exodus zu verhindern). Bei Maries erster, der Vorbereitung dienenden Reise nach Japan hatte ihr Assistent für sie einen Termin mit einem in Tokio wohnenden korsischen Imker gemacht, den Marie in einem Panoramarestaurant in Shinjuku zum Mittagessen traf, ein gewisser Herr Tristani oder Cristiani (dessen Vorname tatsächlich nicht weniger als Toussaint war), ein kleingewachsener, sympathischer und gutmütiger Mann, gekleidet in Tweed mit beige-weinrotem Fischgrätmuster. Das Handgelenk von Herrn Tristani war eingegipst, sein Arm lag in einer Schlinge, er trug eine dicke gelbe Brille mit rauchfarbenen Gläsern, die einen durchdringenden, schlauen und misstrauischen Blick verbargen.

Herr Tristani hatte sich einen Aperitif bestellt und musste sich hier in diesem großen und menschenleeren Speisesaal innerlich auf irgendein galantes Mittagessen mit einer jungen Frau eingestellt haben, die sich für die Herstellung von Honig interessierte, aber Marie hatte nicht die Angewohnheit, während eines Arbeitsessens herumzuschäkern, und hatte ihm, kaum dass der Ober die Bestellung aufgenommen hatte, mit entschiedener Stimme in groben Zügen ihr Projekt erklärt. Herr Tristani, dessen Feuer schnell erloschen war, hörte ihr mit ernstem Gesicht zu, nickte mit dem Kopf, das Handgelenk in Gips, löste von Zeit zu Zeit unbeholfen mit der gesunden Hand ein Stück von seinem Seezungenfilet, legte dann das Fischmesser auf den Tisch, nahm die Gabel und aß den Bissen mit gequälter, ja besorgter Miene, denn es handelte sich ja, wenn er das Ganze richtig verstanden hatte, darum, ein Topmodel mit Honig zu überziehen. *Piombu!* Herr Tristani trug nicht viel zur Beantwortung der zahlreichen Fragen bei, die Marie ihm stellte, vielmehr versuchte er, ihnen aus dem Weg zu gehen, machte mit einem fatalistischen Gesichtsausdruck eine unbestimmte Bewegung mit der Hand und griff dann wieder zu seinem Fischmesser, zog der Länge nach das Seezungenfilet von den Gräten und warf bei der Gelegenheit einen träumerischen Blick auf das Verwaltungsviertel von Shinjuku, das sich vor der Fensterfront im Dunst erstreckte. Er blieb entschieden ratlos, antwortete ausweichend oder ignorierte die präzisen technischen Fragen, die Marie für das Treffen vorbereitet hatte (das Notizbuch mit der Liste von Fragen, die abgearbeitet werden musste, lag geöffnet auf dem Tischtuch), ohne dass sie jemals die geringste brauchbare Antwort erhielt, als ob Toussaint überhaupt nichts von Bienen verstünde (oder der Beruf des Imkers für ihn nur Tarnung war).

Damit war ihre Zusammenarbeit beendet, nach dem Mittagessen trennten sie sich in der Hotelhalle, zum Abschied hatte er ihr noch ein Glas Honig geschenkt (was Marie auf die Idee brachte, ihrer Modenschau den Untertitel *Macchia im Herbst* zu geben). Schließlich hatte Marie mit einem etwas fantasievolleren Imker zusammengearbeitet, einem Deutschen, der ursprünglich in den Cevennen gelebt hatte, aber jetzt auf der Insel Hokaido wohnte, und der leicht homosexuell und schwer in sie verliebt war, so jedenfalls Marie (in meinen Augen war eher das Gegenteil der Fall: eine nicht mehr zu rettende Tunte, die etwas für sie schwärmte), doch widersprach er niemals niemandem und war bereit, alles mit seinen Bienen zu tun, was man von ihm verlangte, sofern man ihm die jeweiligen Genehmigungen und Haftungsausschlüsse für die japanische Gesundheitsbehörde unterschrieb und ihm genug Knete zahlte. Der Mann hätte perfekt sein können, hätte er nicht die Dienste eines anderen, ebenfalls aus den Cevennen auf die Insel Hokaido gekommenen Deutschen in Anspruch genommen (eine Art aufgeklärter Idealist, wie man sie heutzutage nur noch in der Honigbranche findet), der von sich behauptete, eine Bienenkönigin speziell für ihre Modenschau abrichten zu können, und uns zum Beweis dafür in den Tokioter Geschäftsräumen des Modehauses *Allons-y Allons-o* eine verblüffende Demonstration abgeliefert hatte, der versammelte Stab von Maries japanischen Mitarbeitern, Modedesigner und Grafiker, in Schwarz gekleidet, mit dünnen Brillenfassungen aus Titan, den Schulterriemen ihrer Umhängetaschen über der Brust gekreuzt, stand mit ernsten und zweifelnden Mienen kreisförmig um eine auf Böcken stehende, leere Tischplatte herum, auf der der Typ ohne eine einzige Biene vor ihnen eine rührende Flohzirkusnummer abgezogen hatte, wie bei dem alten Scherz, wo der Dompteur des Flohzirkus seine Schützlinge in die Irre führt, sie bei ihren Namen ruft, sie wiederfindet und dann akrobatische Kunststücke und dreifache Salti machen lässt (nach der Veranstaltung hatten alle völlig konsterniert den Raum verlassen – und Marie hatte den Kerl rausgeschmissen).

Die Vorbereitung des Honigkleids hatte auch heikle Rechtsfragen mit sich gebracht, Versicherungen und Verträge mussten abgeschlossen werden. Nach einem langwierigen Casting in den Geschäftsräumen des Modehauses *Allons-y Allons-o* in Tokio wurde das Mannequin für das Honigkleid gefunden, eine junge Russin von kaum siebzehn Jahren, und Maries Anwälte verhandelten über einen Monat mit der Rezo-Agentur von Shibuya einen Vertrag aus, der in mehr als fünfzehn Seiten und zusätzlich einer Vielzahl von Nachträgen und ungewöhnlichen Klauseln der Besonderheit der Dienstleistung Rechnung tragen sollte. Das Mannequin musste mehrere ärztliche Untersuchungen über sich ergehen lassen, einen Dermatologen und einen Allergologen aufsuchen, in einer Privatklinik wurden Tests durchgeführt, um sicherzugehen, dass das Mannequin am ganzen Körper einen solchen massiven Kontakt mit Honig ertragen konnte, ohne schädliche Folgen wie Ekzeme oder Entzündungen zu riskieren.

Die ersten Probeläufe fanden ohne Bienen statt (der Bienenstock traf erst am Vorabend der Modenschau mit einem Lastwagen aus Hakodate ein). Das *Spiral* war vollständig umgestaltet, das Café und die Boutiquen waren für die Öffentlichkeit geschlossen. Der Laufsteg erstreckte sich in Verlängerung der berühmten spiralförmigen Rampe des Gebäudes, die vom ersten Stock innen an den Wänden aus weißem Marmor hinabführte. Die großen Glasfenster waren mit schwarzen Samtvorhängen verdunkelt. Die letzte Probe fand unter denselben Bedingungen statt wie das spätere Defilee, beleuchtet von gelben Suchscheinwerfern, deren Spotlights Elektroinstallateure hoch oben auf ihren Leitern noch ausrichteten. Der Laufsteg war mit einer dicken silberfarbenen Plane ausgelegt, und das Topmodel begann mit seinen Probeläufen in weißen Turnschuhen mit offenen Schnürsenkeln, bekleidet mit einem blassblauen Bikini mit gelbem Blumenmuster, ein iPod an der Taille, den ein verschlungenes Kabel mit ihren Ohren verband. Mit digitaler Technik behängte Assistenten stoppten ihren Lauf mit der Uhr, einsame Laptops standen überall vor den Kulissen und auf dem Boden vor dem Laufsteg herum. Maries gesamter japanischer Stab hatte jetzt sein Quartier im *Spiral* aufgeschlagen. Sie saßen auf den schwarzlackierten, für die Zuschauer reservierten Stühlen vor dem Laufsteg und schauten zu, wie das Model eine Reihe von Proberunden absolvierte, wie es aus den Kulissen hervortrat, noch ohne Honig und von keinem Insekt verfolgt, und in seinen offenen Turnschuhen und seinem schlendernden Gang den Laufsteg entlangschritt, grazil stolzierend und mit Schmollmund, während die Tontechniker hinter ihren Mischpulten in einem Durcheinander aus silbernen Alukoffern den Klangpegel aussteuerten, von Zeit zu Zeit die Musik aussetzen ließen, um sie dann mit einem dröhnenden Stoß wieder loskrachen zu lassen.

Am Tag der Modenschau, wenige Minuten vor dem Auftritt des Honigkleids, herrschte backstage noch eine Hektik wie in einem Bienenstock. Das Mannequin stand nackt, mit spiegelglatter Haut und rasierter Scham auf einer kleinen Fußbank, die von einer durchsichtigen Folie bedeckt war. Es trug nur noch einen höchstens zwei Zentimeter breiten hautfarbenen Stringtanga, der kaum das Schambein bedeckte, mehrere Visagistinnen machten sich an jenen Stellen des Körpers der jungen Frau zu schaffen, die bei ihrem Auftritt nicht von Honig bedeckt sein würden, Reispulver wurde mit Quasten auf Gesicht und Hände verteilt, um später den Kontrast mit dem amberfarbenen Honigkleid zu verstärken, das sie noch nicht trug. Neben ihr, vor Gestellen mit Destilliergeräten und Glaskolben, mit Auffanggefäßen und Gusstiegeln aus Grafit, machte sich ein ganzer Schwarm von androgynen japanischen Mitarbeitern wie kleine Laboranten an einem Edelstahltank zu schaffen, in dem der Honig aufbereitet wurde, man tauchte Reagenzgläser in die klebrige Masse, entnahm Proben, untersuchte mit der Lupe Farbe und

Viskosität, steckte Thermometer in den Tank, um die Temperatur der Mixtur zu messen und sicherzustellen, dass der Honig im Moment, in dem er auf die Haut des Models aufgetragen würde, genau die richtige Konsistenz hatte. Als das Mannequin so weit vorbereitet war, ein erstaunlicher mondfarbener epilierter Körper, Hände, Gesicht und Dekolleté mit weißem Puder bestäubt, machten sich die Assistenten an die Arbeit, begannen, den Honig mit Pinseln aufzutragen und über seinen Körper zu verteilen, einer knieend mit einem flachen Pinsel aus Marderborsten über seinen ganzen Schenkel, ein zweiter stand auf einem Schemel und bestrich Rücken und Schultern mit einer Malerrolle, andere verstrichen den Honig auf ihrem Körper, klopften ihn behutsam mit der Hand oder Tupfern aus feinem und feuchtem Gazematerial in die Haut, eine Traube junger Praktikanten in weißen Kitteln kreiste unentwegt um den reglosen Körper, um die frisch aufgelegte Schicht mit Föhnen zu glätten und zu schließen und so dem Kleid den finalen Schliff zu geben. Eine Stylistin kam mit hochhackigen Pumps in der Hand herbeigeeilt, präsentierte sie dem Model, das dann auf die Schultern der Assistenten gestützt, ein Fuß nach dem anderen, in die Schuhe schlüpfte und zum Vorhang geführt wurde, wo man ihm noch ein letztes Mal das Haar zurechtmachte.

Mit dem Einsetzen der Musik trat das Mannequin auf den Laufsteg hinaus, in seinem Gefolge der Bienenschwarm, der sich seinem Tempo angepasst hatte und ihm Geleit gab, mit dem elektrischen Gesumm Tausender Insekten, das die Begeisterungsrufe des Publikums übertönte. Es war ein unglaublicher Erfolg, das Mannequin hatte jetzt das Ende des Laufstegs erreicht, legte dort eine kleine Pause ein, die es mit einem Hüftschwung, eine Hand auf die Taille gestützt, unterstrich, machte dann eine schnelle Kehrtwende und stolzierte zurück, und das Wunder geschah, der ganze Bienenschwarm beschrieb exakt dieselbe Kehrtwende, wie gleichgestimmt, in weitem Bogen zogen die Bienen über die am Laufsteg sitzenden Zuschauer hinweg, was erneut für bewundernde Ausrufe sorgte. Das alles hatte keine dreißig Sekunden gedauert, und das Model war schon wieder an seinem Ausgangspunkt angekommen, als es den Bruchteil einer Sekunde zögerte, unsicher, welchen der beiden vor ihm liegenden Ausgänge es nehmen sollte – den nach links oder den nach rechts –, sich an die ausdrückliche Anweisung erinnerte, nach links abzutreten, damit die Bienen zu ihrem Korb zurückfinden konnten, sich im letzten Augenblick besann und die Richtung wechselte, und in diesem Bruchteil einer Sekunde, durch dieses kaum wahrnehmbare Zögern brach alles zusammen, stürzte wie ein Kartenhaus ein, und der Zauber zerbrach, das Mannequin knickte um, fiel zu Boden und spürte sofort das brausende Rauschen der Bienen über sich hereinbrechen, in Sekundenschnelle war die Jagd eröffnet, die Bienen stachen es überall, stachen es in den

Hals, auf den Rücken, stachen in die Schultern, in die Brüste, in den Nacken, in die Augen, in die Scham, in das Geschlecht. Das Model krümmte sich auf dem Boden, schützte das Gesicht mit den Händen, schlug vergeblich um sich, um die Angriffe der Bienen abzuwehren, kam wieder auf die Knie, flüchtete auf allen Vieren voran, fiel wieder um, aufs Neue besiegt, wie eine lebende Fackel, wie ein Opfer wand es sich auf dem Laufsteg, mehrere Personen stürzten hinter dem Vorhang hervor, wollten zu Hilfe kommen, Assistenten wirbelten kopflos herum, schließlich erschien wie im Kasperletheater der deutsche Imker auf dem Laufsteg, ein tolpatschiger Kosmonaut in seinem weißen Imkeranzug, mit übergroßen Handschuhen und vergitterter Gesichtsmaske, japanische Feuerwehrleute brachten sich mit vorgehaltenen Feuerlöschern über dem Mannequin in Position, zögerten aber, sie in Gang zu setzen, aus Angst, alles noch schlimmer zu machen.

Und genau in diesem Augenblick hatte sich der Vorhang gehoben, und Marie war langsam auf der Bühne erschienen, um sich vor dem Publikum zu verbeugen, als ob das alles zu ihrer Inszenierung gehörte, als ob sie die Schöpferin dieses Tableau vivant sei, mit dem Topmodel als Märtyrerin, das umgeben war von den vielen, wie im Leid erstarrten Figuren, europäischen und asiatischen Gesichtern, erschrocken und in Zeitlupe eingefroren, wie in einem Video von Bill Viola, um die Zentralgestalt des Bildes herum, die noch immer unter dem Bienenschwarm zusammengekrümmt auf der Bühne lag, die grotesk behelmte und kostümierte Erscheinung des Imkers und die sich gegenüberstehenden Feuerwehrleute, die mit stummer Geste und gebeugten Knien mit ihren Feuerlöschern in der Hand in unterbrochener Nothilfe auf ewig erstarrt waren. Marie hatte sich geweigert, sich von der Wirklichkeit besiegen zu lassen, und die Gunst der Stunde genutzt, um dieses lebende Bild für sich zu beanspruchen, um in den Köpfen der Zuschauer den Zweifel aufkommen zu lassen, ob die ganze Szene, die sich ihren Augen hier bot, nicht von Marie von vornherein hätte exakt so geplant sein können. Aber es war nicht entscheidend, ob es so geplant oder nicht geplant gewesen war, das Bild war nun einmal da, es existierte in Wirklichkeit oder in der Einbildung von Marie, und sie hatte es sich angeeignet: Indem sie auf die Bühne getreten war, hatte sie das Bild signiert, sie hatte ihre Signatur unter das Leben selbst gesetzt, unter seine Unberechenbarkeiten, seine Zufälligkeiten und Unvollkommenheiten.

Bis zu diesem Zeitpunkt hatte sich Marie bei der Arbeit an ihren Kollektionen immer nur an das gehalten, was sie bis in die winzigsten Details hinein kontrollieren konnte, Details, die so winzig waren, dass es für sie nicht einmal mehr einen Namen gab, um sie zu bezeichnen, zu winzig, um in Worte gefasst werden zu können, es waren *Details der Details,* die sie mit dem Instinkt und dem Blick der Expertin sofort an den Kleidern, die in ihrem Schneideratelier entstanden, erkannte, die sie sofort korrigierte, und auf Knien eine Linie mit Stecknadeln markierte, mit kaum erkennbaren Stichen verbesserte, den in Falten gelegten Stoff zwischen ihre Finger geklemmt überarbeitete, wobei sie Nadeln aus dem Kissen des Stecknadelkissens zupfte, jede Unvollkommenheit und jedes Problem auf angemessene Weise beseitigend, bis zuletzt Überflüssiges entfernte, und dann auch die neuen Unperfektheiten, bis auch die durch die vorgenommenen Verbesserungen entstandenen Unzulänglichkeiten ausgebessert waren, und so weiter, ad infinitum. Denn was Marie wollte, das war die Perfektion, die Exzellenz und Harmonie, eine bestimmte Entsprechung von Form und Stoff, den Zusammenschluss von Auge und Handfertigkeit, von Geste und Welt. Aber die Perfektion ist eine illusorische Täuschung, die sich wie der Horizont entfernt, den man vergeblich zu erreichen sucht, der immer unerreichbar ist, weil die Entfernung, die uns von ihm trennt, immer hoffnungslos gleich bleibt, auch wenn die festen Bezugspunkte auf der Erde uns beweisen, dass wir bereits eine gute Strecke Wegs zurückgelegt haben seit dem ersten Entwurf, als unser Vorhaben noch eine ferne Spiegelung der vernebelten Limben unseres Geistes gewesen war. Aber bei ihrer unendlichen Suche nach Perfektion hatte Marie nie den Versuch unternommen, an dem zu arbeiten, was sich ihr entzog. Nein, sie wollte immer alles kontrollieren und übersah dabei, dass das, was sich ihr entzog, vielleicht gerade das Lebendigste in ihren Arbeiten war. Weil die Perfektion langweilt, während das Unvorhersehbare belebt. Das unerwartete Ergebnis der Präsentation im *Spiral* war, dass Marie sich darüber bewusst wurde, dass es in der dem kreativen Prozess innewohnenden Dualität – dem, was man kontrollieren kann, und dem, was sich der Kontrolle entzieht – auch möglich ist, auf das einzuwirken, was sich entzieht, und dass es im künstlerischen Schaffensprozess einen Platz gibt für das Zufällige, das Ungewollte, das Unbewusste, das Schicksalhafte und das Unerwartete.

I

Anfang September, nach dem großen Brand Ende des Sommers auf Elba, kehrten wir wieder nach Paris zurück, jeder von uns in seine eigene Wohnung, Marie in ihr Appartement in der Rue de la Vrillière und ich in mein kleines Zweizimmerappartement in der Rue des Filles-Saint-Thomas, wo ich seit unserer Trennung wohnte. Als ich aus dem Taxi stieg (wir hatten am Flughafen Roissy gemeinsam ein Taxi nach Paris genommen), war ich nicht in der Lage, den Gefühlen Ausdruck zu geben, die ich für Marie empfand – aber war ich jemals dazu in der Lage gewesen? Vielleicht hätte ich meinen Gefühlen, die ich empfand, als ich Marie nach den zwei glücklichen gemeinsamen Wochen auf Elba jetzt verlassen musste, freien Lauf geben können, wenn es in diesem Moment keinen Zeugen gegeben hätte (der Taxifahrer wartete hinter dem Steuer, um seine Fahrt in die Rue de la Vrillière fortzusetzen). Es kam zu einem kurzen Moment der Unentschlossenheit, ich betrachtete Marie, die auf der Rückbank des Taxis saß, und glaubte in ihrem Blick eine stumme Frage zu erkennen, als ob sie auf etwas wartete – eine letzte Geste, ein Bekenntnis –, aber ich sagte nichts mehr, hielt ihr nur die Hand hin. Ich drückte zärtlich ihr Handgelenk und streichelte es dabei, um ihr auf Wiedersehen zu sagen. Sie lächelte mich sanft an und sagte mit einem Anflug von belustigter Komplizenschaft und einer verträumten, verführerischen Stimme: »Du, sobald du mich mit der Hand berührst, mmmmhhh.«

In diesem Augenblick wusste ich es noch nicht, aber das war vielleicht das letzte Liebenswürdige, das sie mir in den kommenden zwei Monaten sagen würde. Als ich dann meine kleine Zweizimmerwohnung betrat, wieder auf dieses trübsinnige Grau in Grau eines Pariser Septembernachmittags stieß, befiel mich sofort eine tiefe Niedergeschlagenheit, als hätte ich schon das Nichtstun, das mich in den kommenden Tagen erwartete, vorweggenommen. Meine Reisetasche hatte ich am Eingang stehen gelassen und war durch das leere Appartement gegangen, hier und da standen im Flur noch Kartons herum, die ich seit meinem Umzug nicht angerührt hatte. In den düsteren Räumen roch es muffig, eine Mischung aus Feuchtigkeit von draußen und abgestandener Sommerhitze, die sich während meiner Abwesenheit aufgestaut hatte. Das Bett im Schlafzimmer war nicht gemacht, die Laken durcheinandergeworfen und verknittert, wie kleine Wellen aus weißer Baumwolle. Eine Schlafanzughose lag auf dem Boden herum, eine Mineralwasserflasche stand noch auf dem Schreibtisch. Ich trat ans Fenster und schaute hinaus. Niemand war auf der Straße. Ich richtete den Blick in die Ferne Richtung Börse, wohin gerade das Taxi mit Marie verschwunden war.

Ich stand am Fenster und betrachtete die nasse Straße unter mir, die Bürgersteige glänzten vor Feuchtigkeit. Ein paar Passanten unter ihren Regenschirmen, und dieses altvertraute Parisgefühl – Paris, das Grau in Grau und der Regen – erschien mir jetzt als besonders bedrückend, gerade angesichts der zurückliegenden sonnigen Tage mit dem strahlend blauen Himmel, die wir ohne Unterbrechung zwei Wochen lang auf Elba erlebt hatten. Dort war ich zu jeder Stunde mit Marie zusammen gewesen, wir haben uns ständig gesehen, haben zu zweit auf der Terrasse gefrühstückt, ich streifte ihre nackten Arme in den Fluren des Hauses, und wenn wir zum Baden die Stufen zum Meer hinuntergegangen sind, berührte ich leicht ihre Taille. Auch wenn es mir durchaus bewusst war, dass wir getrennt waren, hatte ich doch um nichts in der Welt unter dieser Trennung gelitten, eben weil wir die ganze Zeit zusammen waren. Dadurch und nur dadurch verstand ich jetzt die Trennung von Marie, wenn sie da war.

Tatsächlich dachte ich, dass mich Marie sofort nach ihrer Ankunft anrufen würde. Ich stellte mir in diesem Moment sogar vor, Marie würde mir im Laufe der kommenden Tage den Vorschlag machen, wieder mit ihr in der Rue de la Vrillière zusammenzuwohnen. Ich wusste natürlich, dass sie es sicher nicht so in Worte fassen würde, aber insgeheim erhoffte ich mir, die Dinge würden sich auf natürliche Weise entwickeln und wir würden uns nach den überstürzten Ereignissen auf Elba in den kommenden Tagen so häufig sehen, und in derart großem stillschweigenden Einverständnis und wiedergefundener Zärtlichkeit, dass sie mir eines Abends, natürlich an einem Abend nach einem Diner in einem Restaurant, vorschlagen würde, sie in die Rue de la Vrillière zu begleiten, und dass ich dort die Nacht mit ihr verbringen würde, und ich wäre erst im Morgengrauen wieder zu mir gegangen. Eine sachte Annäherung, die wir im Laufe der Tage wiederholt hätten, ich wäre immer ein bisschen später weggegangen, bis ich dann irgendwann überhaupt nicht mehr weggegangen wäre, gewissermaßen übergangslos, und hätte dann nach und nach je nach Bedarf ein paar Sachen von der Rue des Filles-Saint-Thomas in die Rue de la Vrillière gebracht, kurzum, ich träumte von einer Art umgekehrtem Umzug, doch anders als zu Beginn des Jahres nach meiner Rückkehr aus Japan dieses Mal ganz behutsam, in Etappen, nach und nach, ein Kleidungsstück nach dem anderen, Buch für Buch, immer nur eine Sache, nicht alle Umzugskartons auf einmal, wie ich es so schmerzvoll Anfang des Jahres hatte machen müssen, als ich eine Spedition mit dem Umzug beauftragte, um den Platz zu räumen und zu verschwinden.

Ich wagte nicht, es mir offen einzugestehen, aber was ich hier am Fenster stehend von jetzt an in Wahrheit erwartete, das war ein Anruf von Marie. Ich hoffte sogar, dass ihr Anruf kommen würde, noch bevor ich meinen Platz am Fenster verlassen, bevor ich Gelegenheit gefunden hätte, hier in diesem Appartement was auch immer zu machen, Post zu öffnen oder meine Tasche auszupacken, um ihr dann beim Abnehmen des Hörers mit gespielter Zurückhaltung, vielleicht mit einem leichten Unterton von Triumph, sagen zu können: »Schon?!«, und diese unendlich lange halbe Stunde, die ich am Fenster vergeblich auf den Anruf von Marie wartend verbrachte, war wie ein Kondensat der zwei Monate, die ich von da an mit dem Warten auf ein Zeichen von ihr verbringen sollte. In den ersten Augenblicken dominierten noch das Fiebernde und die Ungeduld, meine Liebe zu Marie war durch die vergangenen, gemeinsam auf Elba verbrachten Tage wieder aufgeflackert, mein Verlangen, ihre Stimme am Telefon zu hören, war wieder da – ihre vielleicht schüchterne, sanfte und heitere Stimme, mit der sie mir vorschlagen würde, dass wir uns noch am selben Abend sehen sollten –, aber dann, in dem Maße, wie die Minuten verstrichen, dann die Stunden und Tage und die Wochen und bald der ganze

Monat September, ohne dass sich Marie bei mir in irgendeiner Form gemeldet hatte, machte meine anfängliche Ungeduld doch spürbar dem Fatalismus und der Resignation Platz. Meine Gefühle zu Marie gingen allmählich von der drängenden Zärtlichkeit der ersten Minuten in eine Art Gereiztheit über, die ich zuerst noch im Zaum zu halten versuchte. Doch mit Voranschreiten der Zeit hielt ich nichts mehr zurück und ließ meinem Groll schließlich freien Lauf. Maries letzte Sprunghaftigkeit, mich erst für zwei Wochen mit ihr nach Elba einzuladen, um mich danach derart hängenzulassen und kein Lebenszeichen mehr von sich zu geben, war nichts anderes als der höchste Ausdruck ihrer absoluten Unbekümmertheit.

Aber etwas war vielleicht jetzt, also seit unserer Rückkehr von Elba, anders, denn Marie war die Großtat gelungen, mich jetzt sogar durch ihre Abwesenheit wütend zu machen. Bis jetzt hatte mir Marie immer sofort gefehlt, sobald sie nicht da war, nichts konnte meine Liebe zu ihr mehr steigern, als wenn sie nicht bei mir war – also was konnte man da sagen gegen ihre Abwesenheit? Diese neue Irritation aber, dieser tiefsitzende Groll, der sich in mir anbahnte, als ich dort am Fenster stand und auf ihren Anruf wartete, war vielleicht ein erstes Anzeichen dafür, dass ich im Begriff war, mich auf unsere Trennung einzustellen, und begann, mich unmerklich mit dieser Perspektive abzufinden – allerdings, und diese Nuance ist von großer

Bedeutung, könnte es also durchaus sein, dass, wenn es mich so sehr ärgerte, »wenn« Marie nicht da war, es vielleicht ganz simpel nur daran lag, »weil« sie nicht da war. Und dann gab es auch diese andere merkwürdige Konstante in meiner Liebe zu Marie, dass jedes Mal, wenn jemand sie zu kritisieren begann, und selbst wenn ich es gewesen wäre, und auch wenn es zutreffend gewesen und mit den besten Absichten der Welt geschehen wäre, ich nicht anders konnte, als ihr auf der Stelle zur Seite zu stehen, so wie bei gewissen Ehepaaren, wo einer den anderen mit Zähnen und Klauen verteidigt, zugleich aber am besten über dessen Fehler Bescheid weiß. Ich brauchte also wirklich keinen anderen, der über Marie herzog, um all das Schlechte über Marie zu denken, was angebracht war, genügte ich mir schon selbst. Ich wusste nur zu gut, wie Marie einen fertigmachen konnte. Ich wusste bestens, was ihre anderen Kritiker nur zu einem Viertel wussten, wie oberflächlich sie war, wie leichtfertig, wie unverschämt und unbekümmert (und dass sie niemals die Schubladen zumachte), aber kaum hatte ich diese Litanei schlechter Eigenschaften in Gedanken auch nur angetippt, stand mir auch schon wieder das Gegenteil dieser Beschwerden vor Augen, ihre geheime, verborgene Kehrseite, wie das wertvolle, den Blicken entzogene Unterfutter eines allzu auffälligen Schmucks. Denn wenn das Gefunkel ihrer Pailletten manchmal auch beim ersten Blick auf Marie blendete, hieße es sie falsch verstehen, wenn man sie auf diesen

Schaum mondäner Lebensweise einschränkte, der in ihrem Kielwasser brodelte. Eine viel konsistentere Woge trug sie durchs Leben, zeitlos und naturgegeben. Das, was das Wesen Maries charakterisierte, und nichts anderes, war ihre Fähigkeit, mit der Welt im Reinen zu sein, es waren Momente, in denen sie von einem Gefühl reiner Freude erfüllt war: Dann flossen Tränen über ihre Wangen, die sich nicht unterdrücken ließen, als wenn sie sich vor Entzücken in Flüssigkeit auflöste. Ich weiß nicht, ob Marie sich darüber im Klaren war, aber diese besondere Art der Exaltiertheit lag tief in ihrem Inneren begründet, und alles an ihrem Verhalten wies darauf hin, dass sie die Fähigkeit besaß, sich auf das Innigste mit der Welt eins fühlen zu können. Denn so, wie es ein ozeanisches Gefühl gibt, konnte man im Falle Maries von einer *ozeanischen Disposition* sprechen. Marie besaß diese Gabe, diese einzigartige Kapazität, diese wunderbare Fähigkeit, sich von einem Moment zum anderen eins zu machen mit der Welt, eine Harmonie zwischen sich und dem Universum herzustellen, in einer völligen Auflösung ihres eigenen Bewusstseins. Der ganze Rest ihrer Persönlichkeit – Marie die Geschäftsfrau, Marie die Chefin eines Unternehmens, die Verträge unterschrieb und in Paris und in China Immobilientransaktionen betrieb, den tagesaktuellen Dollarkurs kannte und die Entwicklung an den Börsen verfolgte, Marie die Modeschöpferin, die weltweit mit Dutzenden von Assistenten und Mitarbeitern zusammenarbeitete, Marie eine

Frau ihrer Zeit, aktiv, gestresst, großstädtisch, die in den großen Hotels abstieg und wie der Wind die Flughäfen durcheilte, im beigen Trenchcoat und einem Gürtel, der immer auf dem Boden schleifte, vor sich zwei oder drei Gepäckkulis vollbeladen mit Gepäckstücken, mit Koffern, Reisetaschen, Tüten, Zeichenkartons, Fotorollen, wenn nicht gar – mein Gott, ich kann mich noch gut daran erinnern – mit Papageienkäfigen (leer zum Glück, denn sie transportierte nur selten lebende Tiere, ausgenommen, das nur nebenbei bemerkt, ein Vollblut – auch das eine Kleinigkeit für sie – das letzte Mal, als sie aus Tokio zurückgeflogen war) –, all das war auch Teil ihrer Persönlichkeit, aber eben nur auf eine sehr oberflächliche Weise, etwas, das sie umschloss, ohne sie zu kennzeichnen, sie umriss, ohne sie zu erfassen, und am Ende nur Schall und Rauch im Vergleich mit der alles bestimmenden einen Eigenschaft, die allein ihren Charakter umfassend kennzeichnete, ihrer *ozeanischen Disposition*. Marie fand immer, intuitiv und spontan, eine Übereinstimmung mit den Naturelementen, mit dem Meer, mit dem sie genussvoll verschmolz, nackt im salzigen Wasser, das sie umhüllte, mit der Erde, liebte den ursprünglichen Kontakt mit ihr, wenn sie grobkörnig trocken oder etwas feucht klebend in ihrer Hand lag. Instinktiv erreichte Marie eine kosmische Dimension des Seins, auch wenn sie dabei gelegentlich dessen soziale Dimension völlig außer Acht ließ, sie verhielt sich mit derselben ungekünstelten Natürlichkeit allen Leuten gegenüber, mit denen sie zu tun hatte, unabhängig von Alter oder Stellung, von Prominenz oder Etikette, ließ jedem dieselbe Aufmerksamkeit und Liebenswürdigkeit zukommen, dieselbe ausgesuchte Höflichkeit und dasselbe Entgegenkommen, den Zauber ihres Lächelns ebenso, wie den ihrer Gestalt, ob es sich um einen Botschafter handelte, der sie anlässlich einer Ausstellung zu einem Abendessen in seine Residenz eingeladen hatte, oder um die Putzfrau, mit der sie Freundschaft geschlossen hatte, oder um einen Lehrling, der in ihrem Modehaus *Allons-y Allons-o* angestellt war, sie sah in ihnen immer nur das menschliche Wesen, das sie waren, ohne sich im Geringsten um ihre gesellschaftliche Stellung zu kümmern, als sei sie unter dem Deckmantel der Erwachsenen, die sie geworden war, und ihrer Reputation als weltweit anerkannte Künstlerin das Kind geblieben, das sie einmal gewesen war und das noch immer in ihr weiterlebte, mit seinem unverwüstlichen Fundus an unschuldiger Herzensgüte. Die soziale Wirklichkeit existierte für sie wie in völliger Abstraktion, wie abgeschliffen und abgebeizt, was bewirkte, dass sie immer wie nackt auf der Oberfläche der Welt entlang zu spazieren schien, wobei das »wie« in ihrem Fall eigentlich überflüssig war, weil sie sich tatsächlich häufig nackt durchs Leben bewegte, bei sich zu Hause oder im Garten ihres Hauses auf Elba, vor den Augen all der verblüfften Geschöpfe, die ihr verzückt nachblickten, eines Schmetterlings, der sein natürliches

Ebenbild gefunden zu haben glaubte, oder der kleinen aufgeregten Fische, die im Meer hinter ihr her zappelten, wenn ich nicht gerade der privilegierte Zeuge ihrer unschuldigen Marotte war, sich bei der kleinsten sich bietenden Gelegenheit nackt zu zeigen, als sei es ihr Wahrzeichen, ihre geheime Chiffre, der Beweis ihrer wesensgleichen Übereinstimmung mit der Welt, in dem, was sie als Beständigstes und Wesentlichstes seit Hunderttausenden von Jahren ausmacht.

Da wir gerade von Elba zurückgekommen waren, waren es diese sonnendurchtränkten Bilder von Marie, die mir jetzt, am Fenster stehend, wieder in den Sinn kamen: Marie halbnackt, nur mit einem alten blauen Hemd ihres Vaters bekleidet auf dem Anwesen auf Elba. Ich schaute auf diese graue, verregnete Straße von Paris vor mir, während Marie, ohne dass ich die geringste Bewusstseinsanstrengung unternehmen musste, sich unwiderstehlich in meinem Geist bemerkbar machte. Ich weiß nicht, ob Marie wusste, wie sehr sie in diesem Moment in meinen Gedanken lebendig war, als ob es neben der wirklichen Marie, die inzwischen ihre Wohnung in der Rue de la Vrillière erreicht haben musste, noch eine andere Marie gab, die frei, eigenständig und von ihr selbst unabhängig nur in meiner Vorstellung existierte, wo ich sie bewegen und leben lassen konnte, wo sie in meinen Erinnerungen sich anschickte, nackt schwimmen zu gehen, oder in den Gärten ihres

Vaters Gestalt annahm. Ich sah sie wieder vor mir in dem kleinen Garten auf Elba, diese verdoppelte Marie, meine eigene Marie, in ihrem schlichten Badeanzug, den sie, wenn es ihr zu heiß wurde, bis zur Taille herunterrollte (und natürlich auch ganz ohne Badeanzug, klar doch). Ich näherte mich ihr in meiner Vorstellung mit aller Vorsicht, erriet ihre entblößte Gestalt durch das Gezweig des kleinen Gartens, das in einer leichten Brise erschauerte, sah ihre vom Sonnenlicht gesprenkelten Schultern, wie sie dort vor einem großen Tonkrug kniend die Gartenerde mit beiden Händen knetete und um die kleinen Setzlinge herum festpresste, die sie gerade umgepflanzt hatte, um sie dann zu begießen, wobei sie mit größter Aufmerksamkeit, in einer Art stiller Meditation, die ihre ganze Person zu absorbieren schien, den dünnen Wasserstrahl aus dem Gartenschlauch betrachtete. Ich ging zu ihr in den Garten hinüber und streifte sachte ihre Schulter, sagte ihr wie nebenbei, wenn sie schon keinen Badeanzug anhabe, könnte sie vielleicht einen Sonnenhut aufsetzen – das mache man so, sagte ich ihr, wenn man nackt ist (und sie zuckte nur mit den Schultern, antwortete nicht einmal). Marie gelang es immer, mich zu überraschen und mich aus der Fassung zu bringen. Marie, die Unberechenbare – als sie ein paar Wochen zuvor auf Elba eine Aprikose aß, die sie aus der Auslage eines Obst- und Gemüseladens in der Altstadt von Portoferraio gestohlen hatte, behielt sie noch lange den Kern in ihrem Mund und lutschte ihn träumerisch in der Sonne, bevor sie mich dann plötzlich am Hafen gegen die Wand eines schattigen Durchgangs stieß und brüsk ihre Lippen auf meine presste und sich des Kerns in meinem Mund entledigte.

Und mir wurde dann bewusst, dass ich hier im Begriff war, in meiner Erinnerung immer nur dieselben Glücksmomente wachzurufen, dass es immer dieselben sommerlichen Bilder von Marie waren, die mir ins Gedächtnis kamen, gefiltert und gereinigt von den unangenehmen Bestandteilen und durch den zeitlichen Abstand, den sie seit meiner Rückkehr annahmen, noch anrührender geworden. Aber hat nicht jede wahre Liebe, so sagte ich mir, ja mehr noch, jedes Vorhaben, jedes Werden und sei es das Erblühen einer Blume, das Wachsen eines Baumes oder die Vollendung eines Werks, nur einen einzigen Inhalt, eine einzige Absicht, nämlich auf dem eigenen Sein zu beharren, ist es nicht immer und notwendigerweise diese alte Leier? Und als ich ein paar Wochen später diesen Gedanken von Liebe als einer alten Leier oder ewigen Wiederholung wieder aufgriff, verschärfte ich meine Formulierung noch, als ich Marie fragte, was denn Liebe, wenn sie andauerte, anderes sein könnte als etwas Nochmalgelutschtes.

Ich weiß nicht, wie viel Zeit seit meiner Rückkehr in die Wohnung verstrichen war, aber draußen in der Rue des Filles-Saint-Thomas dämmerte es bereits, und ich hatte mich noch immer nicht vom Fenster fortbewegt. Die Straße war nun etwas belebter, ein paar Ladenschilder in der Umgebung der Börse waren erleuchtet. In einem der Wohnhäuser mir gegenüber wurden Bauarbeiten durchgeführt, eine Wohnung im dritten Stock war entkernt worden und die Hausfassade verschwunden, was einen Blick in die Eingeweide des Hauses erlaubte, ein Anblick wie nach einem Wirbelsturm oder einem Erdbeben. Im grellen Licht der Baustellenlampen gingen drei oder vier Arbeiter mit Helmen auf Plastikplanen hin und her, die über dem Boden von dem ausgelegt waren, was einmal das Wohnzimmer gewesen sein musste. Die Szene hatte etwas Halluzinatorisches, wenig Pariserisches (oder ich kenne mich mit Paris nicht aus), schien sich eher in einer großen Metropole Asiens abzuspielen, mit dem Neonlicht und dem Funkenregen der Schweißgeräte. Ich beobachtete die hell angestrahlte Baustelle mir gegenüber und dachte an die Reise, die ich mit Marie Anfang des Jahres nach Japan unternommen hatte. Dort hatte alles begonnen, oder vielmehr, dort hatte alles aufgehört, weil wir uns dort getrennt hatten, weil wir uns dort das letzte Mal geliebt hatten, in einem Zimmer eines Grandhotels von Shinjuku. Wir waren gemeinsam nach Japan gereist und waren zwei Wochen später getrennt, jeder für sich, zurückgekehrt, ohne noch miteinander gesprochen zu haben, ohne jedes weitere Lebenszeichen. Bei meiner Rückkehr nach Paris, gewissermaßen um unsere Trennung amtlich zu machen, zog ich in die Rue des Filles-Saint-Thomas. Und bis zum Ende des Sommers hatten wir uns kaum einmal gesehen, bis sie mir den Vorschlag machte, sie auf Elba zu besuchen. Aber was Marie nicht wusste – und was sie noch immer nicht weiß –, war, dass auch ich am Abend der Vernissage ihrer Ausstellung im *Contemporary Art Space* von Shinagawa gewesen bin.

Da war vieles, was Marie über meine letzten Tage in Japan noch nicht wusste. Bei meiner Rückkehr nach Tokio – denn nach meinem kurzen Abstecher nach Kyoto war ich wieder nach Tokio zurückgefahren – habe ich mir, ohne jemandem etwas davon zu sagen, ein Zimmer in einem kleinen Hotel der Tobu-Kette in der Nähe der JR-Station von Shinagawa genommen. Ich bin drei oder vier Tage in Tokio geblieben, allein und ohne etwas zu tun, die meisten Nachmittage verbrachte ich auf dem Bett des Hotelzimmers liegend. Da es mir nicht gelungen war, Marie am Abend meiner Rückkehr am Telefon zu erreichen, hatten sich die Dinge für mich unlösbar miteinander verstrickt, und ich hatte nicht die Kraft aufgebracht oder die Energie gefunden, sie in der Folge im verlassenen Hotelzimmer ihres Grandhotels in Shinjuku anzurufen, wo sie auf eine Nachricht von mir warten musste. Aber da ich das Datum der Vernissage ihrer Ausstellung im *Contemporary Art Space* von Shinagawa kannte, hatte ich beschlossen, sie dort zu treffen – ohne ihr vorher Bescheid zu geben, um sie in gewisser Weise zu überraschen.

Am Abend der Vernissage habe ich mich in meinem kleinen Hotelzimmer fertig gemacht. Ich habe eine Dusche genommen, mich in dem engen Badezimmer sorgfältig rasiert. Der Wasserdampf hatte den Spiegel beschlagen, so dass ich in dem Dunst kaum mein Gesicht erkennen konnte. Aber in dem Maße, in dem ich mir Rechtecke aus Schaum von Wangen und Hals kratzte, fühlte ich, wie ich nach und nach wieder zu mir zurückfand, langsam wieder an die Oberfläche kam, wie nach einer langen Abwesenheit, einer schmerzhaften Parenthese in meinem Leben, und dieses Gefühl wurde noch verstärkt durch die Tatsache, dass der Dunst sich allmählich auflöste und nach und nach mein Gesicht im Spiegel zum Vorschein kam, sich aus Fragmenten Stück für Stück wieder zusammensetzte, wie ein Puzzle, das sich vor mir Teil um Teil ergänzte, als Erstes den Blick freigab – die Unruhe des Blaugraus meiner Augen –, dann die Nase, den Mund, die Lippen, das Kinn. Als mein Gesicht wieder komplett war, glattrasiert und völlig wiederhergestellt, begann ich, es genau zu mustern. Nachdenklich betrachtete ich meine Gesichtszüge im Spiegel, neugierig und aufmerksam versuchte ich zu ergründen, was ich in diesem Moment empfand, wenige Stunden bevor ich wieder auf Marie treffen würde, nachdem ich für Tage aus

Tokio verschwunden war, ohne ihr vorher Bescheid gegeben zu haben. Warum ich es nicht getan habe, weiß ich nicht – ob aus Unruhe oder wegen dieser unbestimmten Angst, die mich seit unserer Trennung nicht mehr losließ.

Ich zog meinen langen schwarzgrauen Mantel an und verließ am frühen Abend das Hotel. Draußen war es bereits dunkel, die Luft war frisch, der Himmel klar, rein und transparent. Ich hatte die JR-Station von Shinagawa mit ihren Lichtern hinter mir gelassen und lief entlang eines schlecht beleuchteten Boulevards, dessen Einsäumung an eine Stadtautobahn erinnerte. Autos rasten in der Dunkelheit in hoher Geschwindigkeit an mir vorbei, und ich studierte auf dem Papier in meinen Händen den groben Straßenverlauf, den ich mir skizziert hatte, um den Moment nicht zu verpassen, an dem ich links zum Museum abbiegen musste. Da erkannte ich in einiger Entfernung im Zwielicht die dunkle Fassade des Verwaltungssitzes einer bekannten japanischen Firma und machte einen erstaunlichen visuellen Lapsus, ich sah vor mir in der Nacht an der Stirnseite des Gebäudes in bläulichem Neonlicht den Schriftzug SORRY aufleuchten statt SONY. Ich ging an dieser merkwürdigen stillen Botschaft vorüber, die mir in der Stadt erschienen war wie ein an Marie adressiertes unterschwelliges Schuldbekenntnis und schritt gedankenverloren weiter, bis ich merkte, dass ich zu weit gelaufen war, schon fast bis Gotanda, und umkehren musste. Ich weiß nicht mehr, wie lange ich auf diese Weise in dem Viertel umhergeirrt bin. Ich hatte mich verlaufen, Unruhe hatte von mir Besitz ergriffen, meine Angst, hier nicht mehr herauszufinden, verband sich mit meiner Beklemmung, gleich Marie wiederzusehen.

Als ich endlich den Parkplatz vor dem Luxushotel erreichte, das neben dem *Contemporary Art Space* von Shinagawa lag, herrschte dort bereits reger Betrieb. Eine Vielzahl von Taxis lud Passagiere ab, die zur Ausstellung wollten, verschwand wieder in der Nacht in einem zeitlupenartigen Ballett von Scheinwerferlichtkegeln, die nächsten Taxis fuhren vor, eines nach dem anderen, fließende Lichtreflexe wellten sich auf metallicfarbenen Wagentüren. Offizielle Fahrzeuge und einige Limousinen waren vor einer Baumgruppe geparkt, Chauffeure mit Handschuhen warteten rauchend im Halbdunkel. Ein Polizist in reflektierender Sicherheitsweste regelte den Verkehr auf der Auffahrt, wies mit langsamen Bewegungen seines leuchtenden Schlagstocks die Autos entlang der gestaffelt aufgestellten Absperrungen. Überall auf dem Parkplatz standen Gäste in Abendrobe in kleinen Gruppen herum, hielten wie bei einem Konzert oder vor der Oper ihre Einladungskarten in der Hand, hier und dort sah man exzentrischere Aufzüge, farbige Brillen und auffällige Frisuren, fluoreszierende Schals und Anklänge an rose flashy. Einige Gäste waren schon auf dem Weg zum Museum, und ich ließ mich von ihrer Bewegung mitziehen, ging den Weg Richtung Haupteingang hinunter mit gesenktem Kopf, aus Angst vor den Blicken anderer Besucher, auch wenn ich keinen hier kannte und sich auch niemand für mich zu interessieren schien. Satzfetzen von Unterhaltungen in allen Sprachen drangen an mein Ohr, ich schnappte zufällige, aus dem Zusammenhang gerissene Bruchstücke auf (»*but it's exactly what I told him!*«) oder amüsierte Äußerungen (»*tu ne trouves pas, franchement, qu'il est un peu trop petit, mon chapeau?*«) oder sich ineinanderschiebend, unverständlich (»*anata, jirojiro, minai de kudasai*«), auf Englisch, auf Französisch, auf Japanisch (die meisten Sprachen ließen mich gleichgültig, aber jedes Mal, wenn ich jemanden Französisch sprechen hörte, verspürte ich eine unruhige Aufwallung, und ich beschleunigte meine Schritte oder verlangsamte sie, um die Gefahr vorbeiziehen zu lassen). Nur spärlich beleuchtet, wand sich der Weg hinab und verlor sich im Dunkel des Unterholzes, man erahnte die schmalen Schatten der Bäume, die auf einem sanften Abhang bis hinunter zu einem kleinen See standen. Je weiter wir ins Dunkel vordrangen, desto leiser wurden die Gespräche, als ob die Dunkelheit dazu einlud, die Stimme zu senken, und die letzten Meter bis zum Museum wurden fast flüsternd zurückgelegt.

Am Museum angekommen, war jenseits der hohen Umfassungsmauer, die den Zugang schützte, ein ununterbrochenes Gemurmel zu hören, ein kraftvolles, anhaltendes Rauschen, hellere Stimmen, Ausrufe und Gelächter, in das sich gedämpfte Musik mischte, die von nirgendwoher zu kommen schien und sich formlos in der kalten Nachtluft verflüchtigte. Die beiden metallenen Flügel des hohen Eingangsportals standen offen, und dahinter tauchte plötzlich in der Dunkelheit der hellerleuchtete Umriss des *Contemporary Art Space* von Shinagawa auf, das mit seiner radikalen Architektur in die es umgebende dunkle Grünanlage hineinschnitt. Auf beiden Seiten bildeten auf dem Boden aufgestellte traditionelle japanische Laternen einen Korridor aus Licht durch den Park, ein Spalier aus winzigen bernsteinfarbenen Flammen, die spiralförmig flackerten und den Gästen den Weg zum Hauptgebäude wiesen. Im fortgesetzten Stimmengewirr bewegte sich eine Hundertschaft von Menschen auf das Museum zu, ihre Rücken in wellenförmiger Bewegung im fahlen Schein der Windlichter. Vor dem Eingang hatte sich ein kleiner Auflauf gebildet, dort, wo junge Männer in Anzügen und mit Namensschildchen die Einladungen kontrollierten und einige der Gäste an einen Empfangstisch verwiesen, an dem hinter Schildern mit dem Aufdruck PRESS und GUESTS Hostessen saßen, die in einer mehrere Blatt starken Liste Namen abhakten und mit Namen beschriftete Umschläge und Kataloge aushändigten. Vor Erreichen des Eingangs verlangsamte ich mein Tempo und sonderte mich unauffällig von der Menge ab. Mit den

Händen in den Taschen und gesenktem Kopf lief ich einen Augenblick unentschlossen auf und ab. Selbstverständlich hatte ich keine Einladung bekommen und ich hatte nicht die Absicht, mich namentlich vorzustellen, um am Ende noch bei Marie meine Anwesenheit ankündigen zu lassen. Ich unternahm nicht einmal den Versuch, mir Eintritt zu verschaffen, warf nur einen kurzen, flüchtigen Blick über diese unsichtbare Barriere der beiden jungen Männer mit den Namensschildchen hinweg ins Innere des Museums. Einen Moment lang versuchte ich, Marie inmitten der Menge in der Halle ausfindig zu machen, und ich fürchtete gleichermaßen, sie zu sehen und sie nicht zu sehen.

Die große Eingangshalle aus schwarzem Marmor war voller Menschen, Museumsbedienstete nahmen die Garderobe entgegen. Befreit von den Mänteln kamen jetzt die Abendkleider der Frauen mit ihren nackten, zerbrechlichen Schultern zur Geltung, die Kälte des Luftzugs ließ sie für einen Augenblick erschauern, sie umfassten ihre Arme mit den Fingerspitzen und hasteten eilig zu den Ausstellungssälen. Ich stand noch immer draußen vor der Tür des Museums und verfolgte weiter zerstreut das Treiben drinnen, als ich in einem Winkel der Eingangshalle den verglasten Kontrollraum entdeckte. Die Tür stand halb offen, man konnte die Silhouette eines Wachmanns erkennen, der dort im Dämmerlicht vor einer Reihe von Videobildschirmen saß. Die verschiedenen Monitore übertrugen ein Mosaik stiller Bilder, die meisten waren feststehend und stark verpixelt, einige instabil und leicht flimmernd. Die obere Reihe der Bildschirme zeigte die unmittelbare Umgebung des Museums, auch die kleine Allee, die durch das Unterholz zum See führte, wo man noch Gäste erkennen konnte, aber auch die große Eingangshalle aus schwarzem Marmor, an deren Schwelle ich gerade stand. Die andere Reihe der Monitore übertrug ausschließlich Bilder aus dem Inneren des Museums, allerdings war kein bestimmtes Detail zu erkennen, nur ein endloses Gewimmel einer ununterscheidbaren Menge, die sich in den Ausstellungssälen drängte. Ich ging näher heran, inspizierte die Bildschirme, erforschte aufmerksam einen nach dem anderen, zerlegte die Oberfläche in Einzelteile, suchte in dem elektronischen Flimmern der Monitore nach Spuren von Marie – aber es war nichts von ihr zu sehen. Wo war sie, Marie? Wie sah sie aus an diesem Abend? Wie war ihr Ausdruck? Wie war sie angezogen? Marie, ohne Gesicht. Marie, ohne Aussehen. Marie, so abwesend an diesem Abend.

Und doch konnte ich die unsichtbare Gegenwart Maries spüren, sehr stark, mächtig, nur wenige Meter von mir entfernt, voller Anziehungskraft, ich spürte ihre Anwesenheit im Museum, sie musste hier sein, physisch in den Ausstellungssälen am anderen Ende der Eingangshalle, zu der ich keinen Zutritt hatte, vielleicht wartete sie insgeheim auf mich, hoffte auf mein Kommen, und ich konnte nichts unternehmen, konnte nicht zu ihr, fand mich hier aufgehalten durch diese symbolische Grenze, die virtuelle Barriere, die zu überwinden kein rationaler Grund mir hätte unmöglich machen können, keiner, wenn nicht diese brennende Beklommenheit gewesen wäre, die nicht von mir weichen wollte.

In diesem Moment drehte sich der Wachmann im Kontrollraum um, der mir bislang den Rücken zugekehrt hatte, und unsere Blicke kreuzten sich durch die Milchglasscheibe, die uns trennte, es war nur ein leerer, uninteressierter Blick, aber ich war auf der Stelle überzeugt, dass er mich wiedererkannt, sofort identifiziert haben musste, weil er mich schon einmal gesehen hatte in meinem langen schwarzgrauen Mantel, den ich auch ein paar Tage zuvor, am Abend meiner Rückkehr aus Kyoto, getragen hatte, als ich noch einmal zum Museum gekommen war und mir nachts an der Tür Einlass erzwungen hatte, dort eingedrungen war mit meiner kleinen, in der Jackentasche versteckten Flasche mit Salzsäure. Ich war überzeugt, dass er mich wiedererkannt hatte, und ich machte auf der Stelle kehrt, floh zurück in die Nacht, eilte mit weiten Schritten Richtung Ausgang, um das Museum zu verlassen, die Flammen der kleinen Windlichter flackerten zu meinen Füßen wie zarte Pflänzchen im Wind. Ich hatte den Mantelkragen hochgeschlagen, ohne mich umzudrehen, beschleunigte ich meinen Schritt auf der kleinen Allee, begegnete noch dem einen oder anderen verspäteten Gast, rempelte die Entgegenkommenden mit der Schulter an, bahnte mir im Zickzack einen Weg, bis ich plötzlich die leuchtend roten Laserpunkte der beiden Überwachungskameras oben auf der Metallpforte wahrnahm und instinktiv wusste, dass ich noch immer auf den Kontrollbildschirmen zu sehen und ein Alarm ausgelöst worden war und dass jetzt mehrere der Wachleute im Kontrollraum zusammengekommen sein mussten, um meinen Standort zu beobachten, meiner Silhouette von Bildschirm zu Bildschirm zu folgen. Ich bog daher unvermittelt vom Weg ab, um aus dem Beobachtungsfeld der Kameras zu kommen und mich aus dem elektronischen Netz, in dem ich mich verfangen hatte, zu befreien. Ich verließ die kleine Allee, stapfte mit großen Schritten über den Rasen, entfernte mich weiter zum Ende des Parks hin, um hinter das Museumsgebäude zu gelangen. Die Rückseite des Museums war in Dunkelheit getaucht, hier gab es keine Überwachungskameras mehr, es konnte keine geben, denn ich nahm nirgends mehr einen dieser roten Laserpunkte wahr, die ihr Vorhandensein anzeigten. Im Halbdunkel des Lieferanteneingangs parkten Lieferwagen von Caterern, ich schlängelte mich zwischen den Wagen hindurch, gelangte zu einer kleinen, durch Absperrungen und Mülltonnen halbwegs geschützten Stelle, wo Plastikkästen mit sauberen, gleichförmigen Weingläsern, gestapelte Kartons mit

Flaschen und noch mit Plastikfolie überdeckte Platten mit Party häppchen darauf warteten, abgeholt zu werden. Ich hielt dort einen Moment inne, blieb reglos stehen, hielt meinen Atem an und lauschte ins Dunkel. Nichts, kein Laut, nichts rührte sich hinter mir, nicht ein Knacken im Park.

Ich ließ noch einige Zeit verstreichen, bevor ich mich wieder auf den Weg machte. Ich bewegte mich vorsichtig im Finstern voran, langsam, um nicht an Hindernisse zu stoßen, die eine Hand am Gebäude, damit ich nicht die Orientierung verlor. Da wurde ich auf ein Geräusch aufmerksam, eher ein undeutliches Gemurmel, das ich zunächst nicht lokalisieren konnte. Ich hob den Kopf und bemerkte auf dem Dach einen Lichtschimmer, den Widerschein einer diffusen Helligkeit, die zweifellos aus dem Museum stammen musste. Ich sondierte die Umgebung und fand an der Hauswand eine mit einem ringförmigen durchbrochenen Rückenschutz umschlossene, nach oben führende Feuerleiter. Geräuschlos ging ich darauf zu und begann hochzuklettern, behutsam zog ich mich an den Sprossen hoch, spürte sie eiskalt in meinen Händen, immer auf der Hut, meine Füße richtig zu setzen. Ich merkte, dass meine Kräfte nachließen und meine Beine unter mir zu zittern begannen. Meine Mantelschöße flatterten zwischen Knien und Leiter herum und erschwerten meinen Aufstieg. Je höher ich kam, desto schneidender wurde die Kälte und ein leichter, stechender Wind brannte in meinem Gesicht. Ich stieg weiter die Feuerleiter hoch, bis sich über der Dachlinie der Himmel von Tokio in all seiner Klarheit öffnete, in einem transparenten, mit Sternen übersäten Schwarz.

Still erstreckte sich vor mir in der Dunkelheit das Dach des *Contemporary Art Space* von Shinagawa, verziert mit einer Reihe von Leuchtdioden, die die Architektur des Gebäudes in Form eines Flugzeugflügels betonten. Ich verharrte einen Moment auf der Leiter und betrachtete dieses Band aus blauen Lichtern – ein kosmisches Blau, sahnig, mit Weiß gesättigt –, die schwach in der Nacht mit der Zartheit strahlender Sterne flimmerten. Ich stieg die letzten Sprossen der Leiter hoch, stützte mich mit der Hand auf, setzte ein Knie auf die Dachrinne und zog mich vorsichtig aufs Dach. Noch zusammengekauert, ohne mich ganz aufzurichten, machte ich die ersten Schritte auf der leicht geneigten Oberfläche des Aluminiumdachs, hielt noch mit beiden Händen den Kontakt zum Boden, bewegte mich so gekrümmt zwischen Belüftungsschächten vorwärts, aus denen im Halbdunkel zögerliche Dampffetzen entwichen. Überall um mich herum konnte ich die Lichter von Tokio sehen, während unter mir der Park sich wie eine Insel der Vegetation ausbreitete, in die kein künstliches Licht drang. Etwas weiter vorn bemerkte ich eine Öffnung im Dach, eine kleine runde Kuppel, aus der weißer Schimmer in die Nacht hochleuchtete. Mit aller Vorsicht bewegte ich mich auf diese Lichtquelle zu, und als ich mich über die kleine Kuppel beugte, sah ich unter mir einen der Säle, in denen die Vernissage von Maries Ausstellung stattfand.

Auf dem Dach kauernd, schaute ich durch die Lichtkuppel, auf der Suche nach Marie, aber ich entdeckte sie nicht, sah dort unter mir nur eine Masse von ununterscheidbaren und undefinierbaren Gestalten. Ich rührte mich nicht, und beim kleinsten Geräusch, das von unten aus dem Park kam, spitzte ich die Ohren. Jede noch so geringe Veränderung in der Stille der Nacht, jede noch so harmlose Abweichung von dieser so ungeheuren Stille, die kaum durch das gedämpfte Stimmengewirr von unten gestört wurde, das ich nur als ein einziges ersticktes Gemurmel wahrnahm, ließ mein Herz schneller schlagen. Alles konnte eine Bedrohung bedeuten, jedes Geräusch natürlich, das Klappern der Stahlseile im Wind, aber auch die geringfügigsten Veränderungen des Lichts, auf die ich im Dunkeln aufmerksam wurde, die Lichtkegel der Scheinwerfer, die sich in der Nacht bewegten und die, statt sich von mir zum Horizont zu entfernen, auf mich zuzukommen schienen auf eine unerbittliche Weise. Ich hockte hier oben auf dem Dach und suchte weiter durch die kleine Lichtkuppel schauend nach Marie, voller Ungeduld, sie so schnell wie möglich zu entdecken, und im Bewusstsein, dass auch ich möglichst schnell wieder verschwinden müsste, hier nicht ewig bleiben könnte. Mit starrem, angespanntem Blick prüfte ich rasch hintereinander die Gesichter der anwesenden Frauen, riss weit die Augen auf, strengte meine Pupillen an. Immer wieder glaubte ich für einen Augenblick, Marie in der Menge bemerkt zu haben, überzeugt, dass sie es sei, die da mit dem Rücken zu mir in einer Gruppe von Gästen stand, doch wenn sie sich dann umdrehte und ich ihr Gesicht sah, musste ich erkennen, dass es nicht Marie war, es war eine Unbekannte, ein Köder, von dem ich mich einen Augenblick lang hatte täuschen lassen.

Niemand konnte vermuten, dass ich mich in diesem Moment auf dem Dach befand, doch plötzlich hob einer der Gäste den Kopf und hätte mich fast entdeckt, was mich zwang, mich reflexhaft aus seinem Blickfeld zu ziehen. Ich hielt für einige Augenblicke Abstand von der Lichtquelle, bevor ich mich wieder vorsichtig der Kuppel näherte, wobei ich darauf achtete, so wenig Blickfläche wie möglich zu bieten, als wäre mein Körper eine potenzielle Zielscheibe und jeder Blick von unten eine Waffe, die mich hätte niederstrecken können. Von Zeit zu Zeit konnte man von jenseits der schwarzen Umrisslinien des Unterholzes, das den Museumspark umgab, das Rattern eines Zugs der Yamanote-Linie vernehmen. Ich hatte mich immer noch nicht bewegt. Meinen Körper in Deckung haltend – nur mein immaterieller Blick tauchte hinunter in den Ausstellungssaal –, fuhr ich fort, den hellerleuchteten Saal unter mir eingehend zu mustern. Es war nicht das erste Mal, dass ich diesen Saal sah, bereits einige Tage zuvor hatte ich ihn gesehen, in einem unbeleuchteten, unheimlich geisterhaften Halbdunkel, als ich nach meiner Rückkehr aus Kyoto nachts in das Museum eingedrungen und in aller Eile durch die Ausstellung von Marie gegangen war, mit dem Fläschchen mit Salzsäure in der Hand.

Auf dem Dach kauernd und durch die Lichtkuppel schauend, versuchte ich in dieser fernen Menge, die unter mir hin- und herlief, Marie zu erkennen. Das Geräusch der Gespräche drang nur gedämpft durch die dicke Verglasung zu mir, und ich fragte mich, was die wahre Natur dieses Schauspiels da unten war, wusste nicht, welche Bedeutung ich dieser erstarrten Wirklichkeit zumessen sollte, die mich wie durch dicke Watteschleier erreichte, so gedämpft war diese Wirklichkeit, dass sie etwas von der dreidimensionalen Projektion einer Szene hatte, die aus einer längst vergangenen Zeit stammte, wie eine dieser erstarrten Szenen, die aus Morels Maschine in dem Roman von Bioy Casares hätten stammen können, eine Welt ebenso nah wie unerreichbar, auf die ich keinerlei Zugriff hatte, mit der ich nicht in Verbindung treten konnte, mit einem Personal, das sich nicht in der Gegenwart, sondern in einer längst vergangenen Zeit zu bewegen schien, gewissermaßen in einem Limbus – vor der Geburt oder nach dem

Tod. Ich hatte dieses Gefühl der Zerrissenheit bereits einmal während eines Traums gehabt oder beim Lesen, dass ich mich gleichzeitig physisch in einem Hier befand und in Gedanken in der Erinnerung oder beim Wiederaufleben-lassen der Vergangenheit in einem anderen Dort, und manchmal sogar in einem imaginierten, nie erlebten, in einen ursprünglichen Zustand zurückversetzten, schlicht erfundenen Anderswo, einer idealen Welt, die ich von eigener Hand gestaltet hatte, die bewohnt war von sagenhaftem Getier und eingebettet in rein mentale Landschaften, die ich nach meinen Wünschen ausleuchtete. Diese Zersplitterung des eigenen Seins, die uns erlaubt, gleichzeitig und auf einmal im Hier und im Dort zu sein, wenn wir uns die Vergangenheit vergegenwärtigen, bedeutet keinen Widerspruch zum gesunden Menschenverstand – solange man sich hierbei auf die räumliche Sphäre beschränkt. Aber sobald man sich in der Zeit bewegt, also das Gefühl hat, sich gleichzeitig im Jetzt und im Einst zu befinden – weil die unterschiedlichen Momente der Zeit nicht mehr durch die Erinnerung in eine Hierarchie zu bringen sind –, fällt es dem Geist schwer, seine Bezugspunkte zu justieren, weil die Zeit nicht mehr als die Abfolge von Augenblicken wahrgenommen wird, die sie immer war, sondern als Überlagerung simultaner Gegenwarten. Und während ich weiter durch die Lichtkuppel das Treiben unter mir im Ausstellungssaal betrachtete, ergriff mich ein leichter Schwindel, denn mir wurde bewusst, dass die Gegenwart, die ich vor Augen hatte, alle Anzeichen einer der Vergangenheit entstammenden Szene aufwies, und sie mir erst jetzt, also in der Zukunft, ins Bewusstsein kommen würde. Und es dauerte bis jetzt, mehr als sieben Monate später am Fenster meiner kleinen Zweizimmerwohnung in der Rue des Filles-Saint-Thomas, den notwendigen Abstand zu gewinnen, alle Bestandteile dieses Schauspiels zu erfassen, das ich hier erlebte. Aber wo befand ich mich dann jetzt? War ich nicht auch, auch ich, wie die Quantenteilchen, bei denen es unmöglich ist, exakt den Ort zu bestimmen, an dem sie sich gerade befinden, oder auch überhaupt nur festzustellen, dass sie sich an einem bestimmten Moment irgendwo befinden, war ich nicht gleichzeitig in Japan und in Paris, in Tokio auf dem Dach des *Contemporary Art Space* von Shinagawa an dieser Lichtkuppel auf der Suche nach Marie und in Paris Anfang September, wo ich nach meiner Rückkehr aus Elba am Fenster meines Schlafzimmers in der Rue des Filles-Saint-Thomas stand und auf einen Anruf von Marie wartete? Wo also war ich? Wo – wenn nicht in den Limben meines eigenen Bewusstseins, befreit von allen Kontingenzen von Raum und Zeit, für immer und ewig die Erscheinung Maries erflehend?

Und da wurde mir bewusst, dass Jean-Christophe de G. genau an diesem Abend im *Contemporary Art Space* von Shinagawa Marie kennengelernt hatte. Ich musste Jean-

Christophe de G. an diesem Abend also zwangsläufig gesehen haben – selbst wenn ich ihn zu jener Zeit noch nicht kannte, selbst wenn ich ihn davor noch nie gesehen hatte, ja damals nicht einmal von seiner Existenz wusste –, meine Augen mussten ihn an diesem Abend in dem einen oder anderen Moment erfasst haben, was bedeutet, dass ich der Augenzeuge ihrer Begegnung war – sein würde oder gewesen war.

Es war ursprünglich nicht Jean-Christophe de G.s Absicht gewesen, auf die Vernissage von Maries Ausstellung zu gehen. Das hatte sich erst im Verlauf des Abends ergeben, überraschend, nach dem Abendessen, beim Verlassen eines Restaurants im Ginza-Viertel, in das ihn einer seiner Freunde, Pierre Signorelli, eingeladen hatte. Pierre Signorelli war massiv, wuchtig, Körper und Gesicht waren schlecht aufeinander abgestimmt, sein Körper ähnelte dem eines *tight end props* beim Rugby, und mit seinem pausbäckigen Gesicht und dem toskanisch gelockten Haar erinnerte er eher an ein Gemäldeporträt Antonello da Messinas als an das Selbstbildnis seines Namenvetters Luca Signorelli. Pierre Signorelli war ein französischer Geschäftsmann in den Vierzigern, der seit mehr als zehn Jahren in Tokio lebte. Aus seiner Manteltasche hatte er die nachlässig zusammengefaltete Einladungskarte der Ausstellung im *Contemporary Art Space* von Shinagawa gezogen – eleganter, mit Glanzlack bedruckter Karton, weiß auf schwarzem Grund, darauf in Großbuchstaben nur der Titel der Ausstellung: MAQUIS, eine Anspielung auf die Modenschau im *Spiral*, bei der Marie ihr Honigkleid präsentiert hatte: *Maquis im Herbst*, – und sie Jean-Christophe de G. gezeigt, ihm vorgeschlagen hatte, gemeinsam zu dieser Vernissage zu gehen. Und obwohl Jean-Christophe de G. überhaupt nicht mit Dingen der Mode oder der modernen Kunst vertraut war (den Namen Maries, der in seiner vollen Länge auf dem Karton geschrieben stand: Marie Madeleine Marguerite de Montalte, hörte er zum ersten Mal), war er dem Vorschlag gegenüber nicht abgeneigt gewesen, und sie hatten ein Taxi genommen, um nach Shinagawa zu fahren. Pierre Signorelli hatte ihm die Einladung überlassen, geistesabwesend klopfte Jean-Christophe de G. sich damit auf den Schenkel, er war nicht besonders neugierig auf diese Ausstellung, aber die Aussicht, seinen ersten Abend in Tokio noch etwas zu verlängern, beschwingte ihn. Er war am selben

Morgen in Tokio angekommen, aber wegen der Zeitverschiebung noch keineswegs müde. Angeregt durch den warmen Sake, den er im Restaurant getrunken hatte, zirkulierte eine angenehme Wärme in seinem Blut, verbreitete sich in seinen Adern, stieg ihm in den Kopf und erfüllte ihn, dort auf der Rückbank des Taxis, mit einer Woge des Wohlbefindens. Durch das Seitenfenster sah er die Straßen des Ginza-Viertels an ihm vorüberfliegen, die Nacht war schwarz und transparent und das Leben erschien ihm voller unerschöpflicher Versprechen. Jetzt in Tokio und auf dem Weg zu einer Soiree empfand er eine ungewohnte Leichtigkeit, er war wie losgelöst, sorgenfrei. Er fühlte sich an diesem Abend als Eroberer und zog sich hinten im Taxi die Schuhe aus, um lustvoll seine Zehen in den Socken aneinander zu reiben.

Das Taxi hatte sie auf dem Parkplatz des an das *Contemporary Art Space* von Shinagawa angrenzenden Grandhotels abgesetzt. Mit einem Blick hatte Jean-Christophe de G., als er in einer eleganten Bewegung in der gedämpften Beleuchtung des Parkplatzes aus dem Wagen stieg, den Rang der Veranstaltung taxiert, die Bedeutung der Eingeladenen eingeschätzt und den Luxus der im Halbschatten geparkten Autos gewürdigt, großer schwarzer Limousinen mit glänzenden Kotflügeln, hier und da verziert mit einer Standarte, die von der Anwesenheit einer offiziellen Person zeugte. Pierre Signorelli lief leicht hinkend und kurzatmig hinter ihm her, stöhnte in seinem schweren, flauschigen beigen Wollmantel (einem Mantel von beachtlichem Volumen, für den sicherlich eine ganze Herde Schafe oder ein Dutzend Kamele sein Fell hatte opfern müssen). Jean-Christophe de G. hörte nur mit halbem Ohr auf das, was ihm Pierre Signorelli mit seiner pfeifenden Asthmatikerstimme erklärte, warf scharfe kurze Blicke auf jene Personen, die neben ihnen zum Museum gingen, und fuhr fort, mit seinen metallisch blauen Augen die Eleganz der Frauen zu prüfen, den Wohlstand der Männer und den Wert ihrer Besitztümer einzuschätzen. Sie passierten die Eingangspforte und traten in den Park des Museums, der im flackernden goldenen Licht der kleinen Laternen vibrierte. Jean-Christophe de G. hatte noch keinen Fuß ins Museum gesetzt, aber schon beschlossen, in einer Art Wette mit sich selbst, dieses Museum nur am Arm dieser Marie zu verlassen, der Künstlerin, die an diesem Abend ausstellte, und wenn nicht an ihrem Arm, dann zumindest in ihrer Begleitung, er würde sie auf ein letztes Glas nach Shinjuku einladen und sie in ihr Hotel begleiten, oder sie würden den Abend sogar zusammen in seinem eigenen Hotel beschließen (den Verlauf des Abends hatte er noch nicht in allen Details vor Augen, es blieb noch eine Grauzone, eine kleine Unbestimmtheit, die er jedoch bereit war, sich zu verzeihen, handelte es sich doch immerhin um eine Frau, die er noch nie gesehen und von der er bis heute noch nichts gehört hatte). Es lag keinerlei

Verachtung in Jean-Christophe de G.s übermütigem Plan, nur seine Vorliebe für das Verwegene, für Spiel und das Abenteuer. Jean Christophe de G.s Geschäfte gingen gut, sein Selbstvertrauen war grenzenlos. Er gefiel den Frauen und wusste das. Nicht, weil er besonders gut aussah, das war nicht der Grund, aber er war gut erzogen, intelligent, reich und kultiviert. Er konnte zärtlich sein, sein Blick war fest, seine Hände waren sanft. Sein Charme war unwiderstehlich, er gehörte nun einmal zu der Sorte von Männern, über die Marie sagte: »Genau die Art von Typen, die ich nicht ausstehen kann.«

Kaum im Museum angekommen, begann Jean-Christophe de G., sich Pierre Signorelli vom Hals zu schaffen, zu schnell war er ihm zu einem überflüssigen Ballast geworden, der ihn in seinem Vorhaben behinderte. Er hatte ihn nicht mit Vorsatz abgeschüttelt, er hatte ihn einfach irgendwo stehen lassen (als er sich einmal nach ihm umdrehte, war er nicht mehr da). Jean-Christophe de G. hatte seinen Mantel an der Garderobe abgegeben, seinen Schal aber umbehalten, und drängte sich in seinem dunklen Jackett und dem makellosen weißen Hemd durch die Menge, sein in krapproten Reflexen schimmernder Schal aus einem schwarzen Seiden- und Wollgemisch hing nachlässig über seine Schultern. Langsam bewegte er sich durch die Menge, streifte Stoffe und nackte Schultern, begegnete den Blicken der Frauen ein wenig allzu zudringlich, hielt sie einen etwas zu langen Moment fest. Der Schleier einer köstlichen Trunkenheit umschleierte seine Schläfen, ganz vertieft in seinen Eroberungswillen durchquerte er die Eingangshalle und betrat den ersten Ausstellungsraum. Aber er beachtete die Kunstwerke nicht, er wäre nicht einmal auf die Idee gekommen. Er hatte nicht einmal einen Blick darauf geworfen, sein Desinteresse an der Sache war total, aufrichtig, untadelig. Für die zeitgenössische Kunst zeigte er jenes aufgeklärte Interesse des Liebhabers, das sich nur am Marktwert der Kunst orientiert (ihrem Preis, ihrer Wertentwicklung), um sie dann möglicherweise zu kaufen, ohne jegliche Verpflichtung, sie sich ansehen zu müssen.

Der Saal vor ihm rauschte in einem unaufhörlichen, diffusen Stimmengewirr. Er war auf der Schwelle stehen geblieben, zögerte einen Moment, hielt sich im Hintergrund, eine Hand in der Hosentasche, und warf aufmerksam lauernde Blicke in die Runde. Instinktiv hatte er Marie in der Menge ausgemacht, er hatte ihre unsichtbare Anwesenheit hinter einer Art lokalem Beben erahnt, das auf einen Punkt lokalisiert war, eine menschliche Aufwallung, die sich um eine zentrale Gestalt drängte, die noch von einem Dutzend sich bewegender Nacken und Schultern verborgen war und auf die sich ein Bündel von Wünschen und Blicken, von unzusammenhängenden Traumbildern fokussierte, ausgestreckte Arme und Kataloge, mit beiden Händen hochgehaltene Mobiltelefone, um ein Foto zu machen, bis plötzlich dieser Kreis sich halb öffnete, wie etwa ein Tuch, das langsam vom Stein gleitet, um ein Standbild zu enthüllen, das eingeweiht wird, und Marie zum ersten Mal in seinem Blickfeld erschien, in einem elektrikblauen Kleid aus Duchesseseide. Es war keine leichte Aufgabe gewesen, sich ihr zu nähern, aber mit kultivierten, maßvollen Schulterbewegungen und Andeutungen mit dem Arm gelang es ihm, sich in Etappen einen Weg durch die Menge zu bahnen und unter den letzten Zirkel zu mischen, der sich eng um sie drängte. Dank seiner Gewandtheit hatte er ihre Aufmerksamkeit gewonnen und sie auf Französisch angesprochen, in der Sprache, die ihnen gemeinsam war. Etwas komplizierter gestaltete es sich, sie für einen kurzen Moment von den anderen abzutrennen, um allein unter vier Augen mit ihr reden zu können, aber sobald ihm auch das gelungen war und er sich zwei Gläser Champagner, die in seiner Reichweite vorbeigetragen wurden, hatte schnappen können, stieß er sanft mit ihr an, ließ die Gläser behutsam aneinanderstoßen, als wären es zwei hypersensible Epidermien, die zum ersten Mal miteinander in Berührung kamen, zwei Lippenpaare, die sich einander näherten und streiften, in einem ersten, noch rein symbolischen Kuss. Jean-Christophe de G. war an seinem Ziel angekommen. Das Einzige, was er nicht wusste, war, dass die junge Frau, mit der er gerade angestoßen hatte, nicht Marie war (aber jeder kann sich mal irren).

Was Jean-Christophe de G. meiner Ansicht nach zu diesem Irrtum geführt haben musste, war die Tatsache, dass die junge Frau, der er sich so genähert hatte, ebenfalls Französisch sprach, und das ohne den geringsten Akzent, und dass sie ebenfalls Marie hieß. Aber sie war nicht Marie, es war eine andere Marie (schon verrückt, wie viele Maries es gibt, wirklich). Und da diese Marie in Tokio lebte und auf dieser Vernissage alle Welt kannte, war sie eine der umschwärmtesten Frauen der Soiree. Das Missverständnis hätte sich schnell aufklären lassen können, Jean-Christophe de G. hätte nur auf die eine oder andere Weise die an diesem Abend im *Contemporary Art Space* von Shinagawa ausgestellten Kunstwerke ins Spiel bringen müssen – aber davor hütete er sich, hatte er doch überhaupt keine Vorstellung von der künstlerischen Arbeit Maries – und wenn Marie selbst nicht darüber sprach (und das aus guten Gründen), dann wohl, dessen war sich Jean-Christophe de G. sicher, einfach aus höflicher Zurückhaltung, was ihm nur recht sein konnte, denn es handelte sich schließlich um ein Thema, das zu vertiefen er in diesem Moment keine große Lust hatte. Er zog es vor, über sich zu reden, über den Anlass seiner Reise nach Japan, und zeigte sich geheimniskrämerisch bescheiden, gab den Mysteriösen, blieb diskret, verschwieg den Inhalt seiner diversen beruflichen Aktivitäten. Er ließ Marie nur wissen, dass er für einige Tage in Tokio sei, um als Besitzer eines Rennstalls, der er wäre, einen seiner Vollblüter beim *Tokio*

Shimbum Hai kommenden Sonntag starten zu sehen. Wie beiläufig strich er ihr dabei über den Arm und schlug ihr vor, ihn zur Galopprennbahn zu begleiten, und Marie, die, es lässt sich nicht von der Hand weisen, nicht unempfänglich für seinen Charme und die sehr direkte Art war, in der er sie bestimmt und entschlossen angesprochen hatte, und gleichzeitig weich gestimmt von der Delikatesse seiner Manieren und der Anmut seines Lächelns, nahm, erobert durch diese Kombination aus Eleganz und Entschiedenheit, die er ausstrahlte, seine Einladung an (na gut, dann gehen wir gemeinsam zum Rennen nächsten Sonntag, zum *Tokio Race Course*).

Jean-Christophe de G. hatte es erreicht, diese andere Marie aus dem Rest der Soiree herauszuschneiden, und er schirmte seinen Fang wie eine wertvolle Beute ab, breitete symbolisch seine Schultern um sie aus, um wen auch immer daran zu hindern, sich ihr zu nähern. So standen sie eng aneinandergedrängt inmitten der Menge, sprachen und lachten, scherzten Auge in Auge, berührten sich an Händen und Armen, um ihre Sätze zu unterstreichen. Immer wieder brach sie wegen seiner kleinen Frechheiten in Lachen aus und versetzte ihm sogar mit zusammengekniffenen Lippen, wie um sich Kraft zu holen, einen kleinen Schlag mit der Faust gegen seine Schulter. An sie geschmiegt, inmitten Gelächters und polyglotter Ausrufe, beugte Jean-Christophe de G. sich zu ihrem Ohr und sagte ihr etwas Galantes. Er brachte sie zum Lachen und erzählte ihr Geschichten, und als sie ihm nicht glauben wollte, dass er an diesem Abend etwa ein Seepferdchen dabei hätte (etwas, was man wirklich vernünftigerweise hätte anzweifeln können), wollte er ihr die Überraschung schon bereiten, sie musste ihm aber zuerst versprechen, die Augen zu schließen, und um sicherzugehen, legte er seine Hand über ihre Augen, damit sie nichts sehen konnte, wühlte dann wie ein Taschenspieler schnell in seinen Hosentaschen und präsentierte ihr auf seinem Handrücken das versprochene Seepferdchen, zusammengekrümmt lag es in einer mit Samt bezogenen Dose auf einem Bett gestoßener Watte und sah arg jämmerlich aus wie eine vertrocknete schmutzigrosa Schachfigur. Angesichts Maries freudigen Erstaunens, deren Augen vor Anerkennung glänzten (als sei es das erste Mal, dass sie ein Seepferdchen zu Gesicht bekam), konnte Jean-Christophe de G. ein bescheidenes Lächeln der Zufriedenheit nicht unterdrücken, und während er das verschrumpelte Ding wieder in seine Watte wickelte, erklärte er ihr, es sei sein Talisman für das Rennen am Sonntag (nun, das verspricht einiges). Und in voller Überzeugung, dass die Sterne ihm an diesem Abend günstig standen, atmete er tief ein und hob den Kopf auf der Suche nach einer Öffnung, die ihn, gewissermaßen als Zeugen seines Triumphs, den Himmel von Tokio betrachten ließ, und so kam es, dass sein Blick auf die einzige Lichtkuppel fiel, die es an der Decke gab, und er meine Umrisse dort oben im Mantel auf dem dunklen Dach stehend erkannte. Mein Gott, was soll das denn?, dachte er. Der Ehemann! Aber, sich wenig bei diesem Gedanken aufhaltend – zudem war ich längst aus seinem Blickfeld verschwunden, er musste sich geirrt haben –, verlor er sich einen Augenblick in der Betrachtung des Himmels von Tokio, den man in all seiner Klarheit durch das perfekte Rund der Lichtkuppel erahnte.

Währenddessen war Pierre Signorelli, der aus einer gewissen Eitelkeit seinen Mantel nicht an der Garderobe abgegeben hatte, majestätisch, die Hände hinter dem Rücken verschränkt, durch die Ausstellung stolziert, mit Schal und in schwerem zugegürtetem Mantel, als ob er eine Inspektionsrunde durch seinen privaten Besitz machen würde, und warf gelegentlich einen kritisch wertenden Blick auf die an den Wänden des Saals aufgehängten Kunstwerke. Jean-Christophe de G. sah ihn aus der Menge auf sich zusteuern, die Stirn voller Schweißtropfen, als wäre er gerade aus dem Wasser aufgetaucht, dabei tauchte er gerade erst wieder in seinem Bewusstsein auf, aus dem er komplett verschwunden war, er hatte sogar vergessen, dass er überhaupt existierte. Sein Wiederauftauchen verursachte ihm unleugbar Verdruss, Ärger stieg in ihm auf und verfinsterte seinen Blick. Inzwischen war Pierre Signorelli langsamen und selbstzufriedenen Schritts zu ihnen gestoßen. Er begrüßte Marie mit Küsschen auf die

Wange, umfasste behutsam ihre Taille, was Jean-Christophe de G. in höchstem Maße verblüffte. Jedoch bemühte er sich, die Fassung zu wahren, und er fragte Marie nur, mit einem leicht pikierten Unterton, durch welchen Zufall sie denn Pierre Signorelli kenne. Mit geheimnisvollem Lächeln sagte sie, seiner Frage ausweichend, das sei doch nur normal, wenn man schon in derselben Stadt wohnen würde. Jean-Christophe de G. glaubte seinen Ohren nicht zu trauen (wohnte Marie auch in Tokio?). Er ließ es auf sich beruhen. Seit Pierre Signorelli wieder aufgetaucht war, war sein Elan deutlich abgekühlt und er sagte nichts mehr, Pierre Signorelli führte jetzt die Unterhaltung, aber da auch er nichts mehr zu sagen hatte, gab es überhaupt keine Unterhaltung mehr. Das Schweigen wurde sehr schnell bedrückend, Befangenheit stellte sich ein. Verlegen lächelte man einander zu, schaute um sich. Pierre Signorelli in seinem dicken Mantel stand reglos da und schwitzte, die kleinen Schweißtropfen auf seiner Haut schimmerten wie Tau, aber er hatte sich diese Qual aus Eitelkeit selbst aufgebürdet, muss sich sehr schön vorgekommen sein in seinem schweren Mantel, der ihn sicherlich ein Vermögen gekostet hatte. Und was denken Sie so über diese Show hier?, fragte er schließlich. Die Befangenheit schien noch zuzunehmen, verdichtete sich, und in Jean-Christophe de G.s Blick zeigte sich Bestürzung. Nicht gerade berühmt, wie?, sagte er und schwieg, fügte dem nichts mehr hinzu. Er hob den Kopf und schaute sie an, wartete auf eine Bestätigung.

Jean-Christophe de G. war außerordentlich peinlich berührt – er wurde sogar rot – und ohne ein Zögern, bereit zu reagieren, glaubte er sich verpflichtet, Marie Beistand leisten zu müssen. Das wird sicher sehr gut laufen, meinte er mit leiser Stimme, und drückte dabei leicht ihren Unterarm, wie in einer Geste des Beileids.

Marie war überrascht, sie machte eine kurze wegwerfende Handbewegung und drehte sich mit erstauntem, ja missbilligendem Blick Jean-Christophe de G. zu, als hätte der gerade nicht nur etwas Unangebrachtes, sondern etwas Unanständiges gesagt (ob etwas »laufe« oder nicht, das sei nun wirklich hier nicht die Frage). Und da sie sich selbst bis dahin noch nicht zur Ausstellung geäußert hatte, begann sie zu erklären, wobei sie sich mit einer anmutigen Handbewegung eine Haarsträhne zurückstrich, dass die an diesem Abend gezeigten Kunstwerke wenn nicht kommerziell (ich setze das Wort einmal in Anführungsstriche, sagte sie und kratzte dabei schnell mit zwei Fingern in der Luft, um dem Wort die Geste folgen zu lassen), dann doch ein wenig leicht seien, etwas, sagen wir mal: nuttig (und dieses Adjektiv ließ Jean-Christophe de G. zusammenzucken), und am Ende ist es doch nur wieder derselbe alte Soßenfond und dabei auch noch sehr – sehr – oberflächlich. Jetzt schaute Jean-Christophe de G. sie ungläubig an, er wusste nicht mehr so recht, wie er sich verhalten sollte, denn seit dem unerfreulichen Vorfall – dem plötzlichen

Auftauchen Pierre Signorellis – schien ihm, dass sich Marie in nur wenigen Augenblicken verwandelt hatte. Bis dahin war sie für ihn ein weitgehend fiktives Wesen geblieben, simple Projektion einer nur in seiner Fantasie existierenden Frau, die sich, während er ihr den Hof gemacht hatte, widerstandslos in seiner Vorstellung geformt hatte. Sie hatte sich niemals wirklich an ihrem Gespräch beteiligt, hatte von sich aus nichts Persönliches beigetragen, wenn, dann nur ihre Verfügbarkeit, ihre Zustimmung und ihr wunderbares Lächeln. Und jetzt wurde ihm klar, dass sie lebte und eine Persönlichkeit hatte, eine Meinung, einen Geschmack, und er nicht mehr der sorglosen und verführerischen jungen Frau gegenüberstand, mit der er es zu tun zu haben glaubte, sondern vor einer zerbrechlichen und von Selbstzweifeln zerrissenen Künstlerin stand, die vielleicht sogar unter ihrem scheinbar unbekümmerten Äußeren depressiv, auf jeden Fall aber zur Selbstherabwürdigung fähig war. Nein, das ist wirklich nicht berühmt, was?, legte Pierre Signorelli noch einen drauf. Und nachdem sie einen Moment überlegt hatte, sagte Marie nachdenklich: Nein, das ist es wirklich nicht. Jean-Cristophe de G. betrachtete beide abwechselnd.

Es wäre vielleicht doch das eine oder andere Schöne dabei, räumte Marie ein, um die Schärfe ihres ersten Urteils etwas zu differenzieren (zwei oder drei Sachen gebe es, die man ihrer Meinung nach durchgehen lassen könnte), und

Jean-Christophe de G. schloss sich dieser letzten Äußerung sofort an, wie ein Ertrinkender sich an seine Boje klammert (ohne natürlich zu präzisieren, welche Sachen er meinte). Sie hatten sich in dem Ausstellungssaal in Bewegung gesetzt und waren einige Meter durch den Saal geschlendert, kamen dem Zufall folgend an den Exponaten vorbei, hielten einen Moment inne. Mit sichtbarer Abneigung betrachtete Pierre Signorelli eine Fotografie, spielte dabei mit dem Gürtel seines Mantels, den er träge vor sich kreisen ließ. Er hob den Arm, zeigte auf die Fotografie und verdrehte ostentativ die Augen nach oben, nahm sie als Zeugen, sagte aber nichts weiter, sondern begnügte sich mit einem Seufzer. Dann schüttelte er langsam den Kopf, voller Ablehnung. Jean-Christophe de G. stand an Maries Seite, blieb auf der Hut, nahm beunruhigt jede ihrer Reaktionen wahr – sie war so unvorhersehbar – und fragte sie schließlich leise und mit großer Hochachtung in der Stimme, in einem Ton, der nur seine weltmännisch wohlmeinende Neugier zeigen sollte, wo denn diese Fotografie aufgenommen worden sei. Ich weiß nicht, sagte Marie ausweichend und mit einem kaum wahrnehmbaren Achselzucken angesichts der banalen Frage. Keine Ahnung. Ohne ihn eines Blickes zu würdigen, betrachtete sie weiter die Fotografie. Er beobachtete sie (sie war total neurotisch, ja, das bestätigte sich). Aber Jean-Christophe de G. ließ sich nicht entmutigen. Versuchen Sie doch, sich zu erinnern, es ist doch nicht so schwer,

Marie, beharrte er mit viel Fingerspitzengefühl und ergriff ihren Arm. Aber ich weiß nichts darüber, wo dieses Foto gemacht worden ist, sagte sie und löste sich unwirsch aus seinem Griff (fragen Sie sie doch selbst, wenn Sie das so interessiert, und sie drehte sich um und zeigte auf Marie, die in einiger Entfernung von ihnen im Saal stand). Und jetzt, erst jetzt, wurde Jean-Christophe de G. alles klar, er begriff auf einen Schlag die Situation, das Quiproquo, in das er sich seit Beginn der Soiree verstrickt hatte. Ein starkes Gefühl von Scham erfüllte ihn, er fühlte sich gedemütigt. Das Einzige, was ihn im Moment in seiner Verlassenheit beruhigen konnte, war die Tatsache, dass außer ihm niemand seinen Irrtum bemerkt hatte. Doch wie die Erkenntnis, einer großen Gefahr entronnen zu sein, uns unsere Kraft verlieren lässt in genau dem Moment, wo wir die wahre Natur der Gefahr entdeckt haben, der wir gerade entkommen sind, fühlte sich Jean-Christophe de G., der bis dahin in aller Unschuld und mit großem Geschick auf einer Welle von Missverständnissen geritten war, von einem Moment zum anderen aus dem Gleichgewicht gebracht und verletzlich, am Rande eines Zusammenbruchs und an einem Punkt angekommen, wo er alles nur noch verschlimmern konnte, falls er hier nochmals das Wort ergreifen würde. Und so sagte er nichts mehr, empfand sofort eine große Leere und hatte Lust, diesen Ort auf der Stelle zu verlassen. Wie verloren blieb er schweigend neben Marie stehen, gepeinigt und nachdenklich warf er verzweifelte Blicke in Richtung Ausgang, als suche er einen Vorwand, alle stehen zu lassen und aus dem Museum zu verschwinden, oder sogar, wenn das möglich gewesen wäre, vollends aus dieser Geschichte zu verschwinden, ins Nichts zurückzukehren, aus dem man ihn nur für einen Augenblick hervorgeholt zu haben schien, um auf seine Kosten ein ephemeres diesseitiges Lebensband aufblühen zu lassen, duftig und verdreht, vergeblich und vergänglich.

Über lange Zeit konnte ich an diesem Abend, nachdem ich auf das Dach gestiegen war, Marie nicht durch die Lichtkuppel entdecken. Während der ein oder zwei Minuten – eine Ewigkeit – war es mir nicht gelungen, sie da unten im Gedränge ausfindig zu machen. Angestrengt hatte ich nach ihr Ausschau gehalten, war in Panik angesichts dessen, was ich getan hatte, dass ich diesem unwiderstehlichen Bedürfnis nachgegeben hatte, über die Feuerleiter auf das Dach zu steigen. Wo ich mich noch immer befand, versteckt im Schutz der Dunkelheit, und durch die Lichtkuppel in den Ausstellungssaal hinunterblickte. Eine Hand auf den Rahmen aus Aluminium gestützt, um im Gleichgewicht zu bleiben, ließ ich meinen Blick auf der Suche nach Marie in den Ausstellungssaal hinabtauchen. Anfangs dachte ich, dort nur ein paar Augenblicke, zehn Sekunden, vielleicht zwanzig Sekunden zu bleiben, gerade die Zeit, die es brauchte, um sie zu entdecken, und dann sofort wieder hinunterzusteigen, aber es wollte mir nicht gelingen, Marie in der Menge ausfindig zu machen, die sich dort unten drängte, und voller Ungeduld fürchtete ich, auf dem Dach von den Wachleuten entdeckt zu werden, die vielleicht immer noch auf der Suche nach mir waren. In diesem Moment hörte ich hinter mir, in der Nacht, ein Geräusch auf dem Dach, als wenn sich dort etwas bewegt hätte, und ich drehte mich brüsk um, aber es war nur der Wind, der die Stahlseile klappern ließ.

Ich hatte meinen Kopf nur einen Augenblick hochgehoben, aber als ich mich wieder über die Lichtkuppel beugte, erschien mir der Ausstellungssaal, den ich zuvor als einen abstrakten, von einer unwirklichen Menge heimgesuchten Ort wahrgenommen hatte, plötzlich vertrauter, und ich erkannte unter mir das übliche Vernissagepublikum, viele Dutzend lebender Personen, die sich in einem endlosen Gewirr von Stimmen und Gelächter um die Ausstellungsstücke drängten. Und wenn mir dieses Spektakel plötzlich in solcher Deutlichkeit vor Augen stand, warum alles sich mir mit einem derart durchdringenden Effekt der Klarheit aufzwang, dann deshalb, weil Marie da war. Marie war da, ich konnte sie jetzt sehen, ich hatte sie in der Menge gefunden, und es ging etwas Leuchtendes von ihr aus, eine Grazie, eine Eleganz und eine Selbstverständlichkeit. Sie trug eine weiße Bluse mit einer am Kragen gebundenen Schleife, sie war nicht in ein Gespräch verwickelt, aber selbst ohne etwas zu sagen, ohne etwas zu tun, ohne sich zu bewegen, ohne ein Wort und ohne mit der Wimper zu zucken, erfüllte ihre reglose Präsenz den Raum, nicht eigentlich kühl, aber doch distanziert, wie abwesend und teilnahmslos, als habe sie sich in diese Ausstellung hinein verirrt, die nicht die ihre zu sein schien, die sie nur mit einer etwas resignierten, zutiefst melancholischen Haltung ertrug, angesichts der Eitelkeiten solcher Vernissageabende, der Oberflächlichkeit der Unterhaltungen, all dieses prickelnden Schaums, von dem sie sich nicht bespritzen ließ, der sie nicht erreichte, als sei ihre Haut davor gewappnet, ihr Äußeres gefeit und ihre Seele, der jede Mittelmäßigkeit fremd war, abgeschottet gegen jede Form von Vulgarität.

Voller Rührung beobachtete ich Marie dort unten im Ausstellungssaal, sah ihre ergreifende Gestalt durch die Lichtkuppel, ich öffnete ein wenig die Lippen und wisperte sachte ihren Namen in die Nacht, aber kein Laut drang aus meinem Mund, nur ein schwacher Hauch, ein zögerlicher Dunst, den ich für einen Augenblick vor mir sah, eine kleine dampfende Wolke, die gerade »Marie« gesagt hatte und sich vor meinen Augen langsam in der eisigen Nacht verflüchtigte. Und dann bewegte ich noch ein weiteres Mal die Lippen, während ich Marie dort unten betrachtete, und ich sagte ihr, dass ich sie lieben würde – ich sagte es auf Knien. Ich liebe dich, Marie, sagte ich zu ihr, aber kein Laut drang aus meinem Mund, ich hörte es mich selbst nicht sagen, vielleicht hatte ich den Mund nicht geöffnet, vielleicht hatte ich es nur gedacht – aber gedacht hatte ich es.

Seitdem ich Marie erblickt hatte, war die ganze Unruhe, die mich seit mehreren Tagen gequält hatte, sofort verschwunden. Marie sprach mit niemandem, sie schien allein im Ausstellungssaal zu sein, gleichgültig, die Augen ins Unbestimmte gerichtet, nahm sie von dem buntgefiederten Hof der Bewunderer und Offiziellen um sie herum das Geraune der Komplimente entgegen, und ich erkannte etwas Zerbrechliches, einen Schmerz an ihr, eine geheime, verborgene Schwachstelle, möglicherweise im Zusammenhang mit der Trennung, in der wir beide uns auf derart irreparable Weise seit einigen Tagen befanden. Über die Lichtkuppel gebeugt, ließ ich Marie nicht aus den Augen, und nach einem Moment, weil ich sie so aufmerksam beobachtet hatte, wurde mir bewusst, dass ich von ihren Lippen ablesen konnte, anfangs nur den ungefähren Wortlaut und die natürlichen Betonungen, die nur dazu da waren, eine offensichtliche Situation zu bekräftigen und einfach zu interpretieren waren, so, wenn ich sie irgendjemanden begrüßen sah und sich ein »*Bonjour*« auf ihren Lippen formte, oder es mir gelang, aus einer wie verlangsamten Bewegung ihres Mundes ein stummes »*Nice to meet you*« zu erraten, das sie müde von sich gab, wobei sie den Kopf mit verhaltenem Entgegenkommen beugte, oder wenn sie widerstrebend ihre Hand einer Persönlichkeit entgegenstreckte, die ihr vorgestellt wurde. In der Nacht über die Lichtkuppel gebeugt, beobachtete ich sie weiter, kauerte mit angehaltenem Atem im Schatten und konnte meinen Blick nicht mehr von ihrem Mund lösen. Mit wachsender Sorge und mit beklommenem Herzen starrte ich auf die Bewegungen ihres Mundes und befürchtete, wie ich sie von oben ganz ohne ihr Wissen beobachtete, sie plötzlich bei irgendeiner erschütternden Enthüllung zu ertappen, einem Geheimnis, einer intimen Äußerung, die sich auf unsere Liebe bezogen hätte oder auf die schmerzhaften Umstände unserer Trennung, aber der einzige Satz, den ich an diesem Abend von ihren Lippen ablesen konnte, der einzige vollständige und verständliche Satz, den ich in den wenigen Minuten, die ich auf dem Dach verbracht hatte, um sie so durch die Lichtkuppel zu beobachten, aufschnappen konnte (bevor ich den Ort verließ, vom Dach hinunterstieg und in mein Hotel zurückging), der einzige Satz, alles in allem, den Marie während meiner Anwesenheit in ihrer leichtfertigen und souveränen Offenheit gesagt hatte, in diesem für sie so charakteristischen spontanen Schwung, der mich auf einmal wie durch Zauberhand das eigentliche Wesen ihrer Persönlichkeit wiederfinden ließ, dieser Satz war: »Also wenn ich einmal deprimiert bin, dann mache ich mir ein weichgekochtes Ei.«

II

Nach unserer Rückkehr von Elba nach dem großen Brand Ende des Sommers blieb ich über zwei Monate hinweg so gut wie ohne ein Lebenszeichen von Marie – und ich verließ schließlich das Fenster, an dem ich vergeblich auf ihren Anruf gewartet hatte. Erst zwei Monate später rief mich Marie endlich an. Es war Ende Oktober, an einem frühen Abend, ich hatte gerade allein in der Küche meines kleinen Zweizimmerappartements in der Rue des Filles-Saint-Thomas zu Abend gegessen. Als ich abhob, hörte ich die Stimme Maries, die nur »Hallo« sagte und dann eine Pause einlegte, nicht sofort weitersprach – ich hörte sie atmen, ihr Schweigen – die unentschlossene, zaghafte Marie, die nichts sagte und mich schließlich fragte, ob wir uns sehen könnten. Ich möchte dich gern sehen, sagte sie mit sanfter Stimme, ich muss dir etwas sagen, und sie verabredete sich mit mir eine Stunde später in einem Café an der Place Saint-Sulpice.

Nachdem ich aufgelegt hatte, blieb ich noch einen langen Moment aufgewühlt am Fenster stehen, war verunsichert und beunruhigt durch die knappen Worte Maries. Ich dachte nach über das Wenige, was sie mir gesagt hatte, das Wenige, das dennoch das rätselhafte »Ich muss dir etwas sagen« enthielt, das umso verwirrender war, als sie nicht sagte, was es war. Diese Leerstelle, die sie in unserem Gespräch gelassen hatte – das Fehlen, diese Lücke – ließ Platz für alle Vermutungen, von der banalsten bis hin zur tragischsten (ein Todesfall, natürlich, denn immer, wenn Marie mich in letzter Zeit so unerwartet angerufen hatte, ging es darum, mir den Tod von jemandem mitzuteilen, den ihres Vaters vor zwei Jahren, den von Jean-Christophe de G. im vergangenen Juni), und ließ alle Vermutungen zu, ohne eine dieser Vermutungen zu stützen.

Es war bereits dunkel, als ich die Treppe der Metrostation Saint-Sulpice hochstieg und in die Richtung des Cafés abbog, in dem sich Marie mit mir verabredet hatte. Paris war an diesem Abend sehr ruhig. Die meisten Geschäfte waren geschlossen, im Dämmerlicht waren ein paar Schaufenster zu sehen. Ein einzelnes Taxi fuhr von Zeit zu Zeit im Regen durch die Rue du Vieux-Colombier. Es war nicht sehr spät, kurz nach halb neun, aber es war kaum noch jemand auf der Straße. Die Place Saint-Sulpice war menschenleer, es war still, die Kirchenfassade verhüllt mit majestätisch aussehenden grauen Planen über uralten Gerüsten. Es herrschte an diesem Abend eine herbstliche Atmosphäre in der Stadt, die kahlen Äste der Platanen bogen sich unter den Windböen, abgestorbene Blätter wehten weich über die Fahrbahn, andere, aufgerollt oder plattgedrückt, lagen auf dem Boden zwischen den leeren Bänken. Das Café, in dem wir uns verabredet hatten, war im Grunde das einzige beleuchtete Gebäude am Platz. Goldfarbenes Licht schimmerte durch die Scheiben der überdachten Terrasse, die aussah wie die Brücke eines Schiffs, das mitten in der Nacht gestrandet war.

Marie war noch nicht da, als ich das Café betrat, ich war zu früh. Außer mir saßen nur vier oder fünf andere Gäste verstreut im Café. Die Scheiben waren beschlagen, auf dem Boden überall Spuren nasser Schritte. Durch die großen Glasfenster schaute ich auf den leeren Platz vor mir, und jedes Mal, wenn ein beleuchteter Bus vor dem Café hielt, konnte ich nicht anders, als nach Marie zu suchen, ich beobachtete die Leute, wie sie ausstiegen und in die umliegenden Straßen verschwanden, und sah den Bus dann wieder losfahren und sich im Regen Richtung Seine oder Invalidendom entfernen.

Als ein Taxi, es war ein weißer Mercedes, langsam vor dem Café anhielt, wusste ich sofort, dass Marie darin saß. Vergeblich suchte ich hinter den abgetönten Scheiben ihr Gesicht zu erkennen, als sie den Taxifahrer bezahlte, und erkannte sie auch nicht gleich wieder, als sich die Wagentür öffnete, ich hatte sogar zunächst Zweifel, als ich sie aus dem Taxi steigen sah. Natürlich hatte ich ihre Gestalt wiedererkannt, ich wusste, dass sie es war, aber sie hatte nichts von dem so Flamboyanten, Wilden und Extravaganten, das sie für gewöhnlich auszeichnete, dies war eine niedergeschlagene Marie, die das Café betrat, eine gemäßigte Version ihrer selbst. Sie hatte die verglaste Eingangstür des Cafés aufgedrückt, suchte mich mit ihrem Blick und lächelte mir aus der Entfernung zu, als sie mich entdeckt hatte. Sie kam auf mich zu, gab mir zur Begrüßung Küsschen auf die Wangen, ohne eines der unzähligen Kleidungsstücke abzulegen, in die sie von Kopf bis Fuß eingewickelt war. Erst nach einer Weile streifte sie ihren Schal ab, zog die Handschuhe aus und nahm die Bommelmütze ab, von der sie die zwei, drei Regentropfen schüttelte, die sie abbekommen haben musste, als sie aus dem Taxi gestiegen war. Ihren langen dunklen Mantel behielt sie an und ließ den Gürtel auf den Boden schleifen, als sie neben mir Platz auf einem der Korbstühle mit Blick auf die Place Saint-Sulpice nahm. Erneut lächelte sie mir zu, fröstelte und griff sich mit den Armen um die Schultern, um sich zu wärmen. Unter ihrem Mantel, den sie nur halb geöffnet hatte, erahnte man mehrere Schichten aus Wolle, und sie trug eine weitgeschnittene, schwarze Hose und geschnürte Stiefeletten. Nur zwei Monate hatte ich sie nicht mehr gesehen, aber ich fand, sie hatte sich verändert. Vielleicht mochte es daran liegen, dass sich meine Gefühle ihr gegenüber seit dem Sommer verändert hatten, ich schaute sie jetzt auf eine sachlichere Weise an, genauer und mit einem Blick, der forschend und nicht von vornherein von ihr eingenommen war. Sie schien müde. Sie war nicht geschminkt, und es fehlte diese Sonnenbräune, die ihrer Haut eine wunderbare Aprikosenfarbe gab. Ihre Bräune war verschwunden, war einem blassen Teint gewichen und einer wie erloschenen Miene. Ihre Augen waren klein und glanzlos, sie schienen sie zu schmerzen, waren zu empfindlich für das grelle Licht, das im Café herrschte. Es schien mir sogar – würde ich das zu sagen wagen – nein, ich sagte es natürlich nicht, ich wollte hier nicht mit solch einer tödlichen Unterstellung kommen, dass sie ein wenig an Gewicht zugelegt hatte, oder eher, um den Affront, diese Unterstellung, die Majestätsbeleidigung etwas abzumildern, dass ihr Gesicht an diesem Abend etwas von dem Ausdruck angenommen hatte, den ich von ihr beim Aufwachen kannte, ihr weiches, verschlafenes, noch lauwarmes Gesicht, wenn sie langsam aus einer langen Nacht auftauchte und die Wangen noch leicht klebrig und die Backenknochen verschwitzt und aufgedunsen waren, was sie zwar weniger schön, aber dafür weit anrührender machte.

Die Vorstellung fiel mir schwer, dass sie es war, die mich in diesem so müden, so mitgenommenen und verblühten

Zustand, in dem sie neben mir auf dem Korbstuhl saß, an diesem Abend hatte sehen wollen. Eher hätte man denken können, es sei meine Idee gewesen, ich wäre derjenige gewesen, der sie durch irgendein überraschendes Telefonat dazu gebracht hätte, ihre Wohnung überstürzt zu verlassen, weshalb sie nur wegen mir aus dem Bett hätte steigen oder von dem großen Kanapee in der Rue de la Vrillière aufstehen müssen, auf dem sie es sich bequem gemacht hatte, um ein paar Modezeitschriften durchzublättern, zusammengerollt in Socken, einem alten, übergroßen T-Shirt und mit einer Stola über den Knien, und dass sie dann, von meinem Anruf aufgeschreckt, ihren Abend widerwillig unterbrechen musste, schnell ein Paar Schuhe anzog und den erstbesten Mantel über die weite, bequeme Kleidung streifte, die sie trug, als ich sie gestört hatte. Ganz offensichtlich hatte sie sich keine Mühe gemacht, sich für das Treffen, zu dem sie sich mit mir verabredet hatte, herzurichten. Nicht einmal richtig gekämmt hatte sie sich vor ihrem Aufbruch, und wahrscheinlich hatte sie am Nachmittag noch nicht den leisesten Gedanken daran gehabt, dass wir uns am Abend sehen würden. Einer der Kellner kam an unseren Tisch. Ich bestellte ein weiteres Bier, Marie zögerte, sie zögerte lange, schaute den Kellner an, immer kurz davor, ihre Bestellung aufzugeben, verwarf es dann wieder. Haben Sie Kräutertee, fragte sie schließlich. Der Kellner bejahte, zählte die verschiedenen Sorten auf – Kamille, Lindenblüte, Pfefferminze, Eisenkraut – und Marie fragte, ob es sich um frische Kräuter handele. Nein, antwortete der Kellner, es sind Teebeutel. Dann nehme ich ein Wasser, sagte Marie, ein kleines Vittel. Evian, sagte der Kellner. Evian, sagte Marie, und bitte noch ein paar Chips, wenn das möglich ist, fügte sie hinzu, als der Kellner sich bereits entfernte.

Die Diskussion mit dem Kellner hatte Marie etwas wacher gemacht, wie ein erstes Schnauben, ein schnelles Aufwärmen, es kam wieder sichtlich Leben in sie und sie richtete sich auf ihrem Stuhl etwas auf. Nachdem der Kellner mit den Getränken gekommen war und sie auf dem kleinen, runden Tisch zusammen mit einem Schälchen Chips abgestellt hatte, fiel der Blick Maries nachdenklich auf die Chips, und ich sah zum ersten Mal an diesem Abend, genauer, seit ihrem Eintreffen im Café in ihren Augen so etwas wie Zärtlichkeit aufblitzen. Sie griff gedankenverloren in das Schälchen mit den Chips und hatte es schnell geleert. Bestellte beim Kellner eine neue Portion, und der Kellner war noch nicht gegangen, als Marie ihn fragte, ob es möglich sei, auch noch ein paar Oliven zu bekommen. Und als der Kellner die zwei Schälchen auf unserem kleinen runden Tisch abstellte, hatte Marie, die mir bis dahin noch ein wenig kraftlos, stumpf und weit unter ihrer Normalform vorgekommen war, wieder zu ihren alten Kräften zurückgefunden. Marie wurde wieder zu Marie und zog sämtliche Register. Sie hielt den Kellner am Arm zurück, bedankte sich bei ihm für das Schälchen mit den Oliven und fragte ihn in all ihrer Anmut, mit all ihrem naiven Charme und ihrem entwaffnendsten, komplizenhaftesten und unwiderstehlichsten Lächeln, mit dem sie auszudrücken schien, dass ihr bewusst sei, dass das, was jetzt käme, vielleicht ein wenig viel verlangt wäre und sie ihn auch nicht noch einmal darum bitten werde, ob es denn möglich wäre, schwarze zu bekommen, schwarze Oliven.

Marie nahm ihr Glas von dem kleinen runden Tisch und trank einen Schluck Wasser, einen sehr kleinen Schluck, nachdenklich, zögerlich, mit gespitzten Lippen. Sie hob die Augen in meine Richtung, schien etwas sagen zu wollen, schwieg aber, fing wieder an zu überlegen, war völlig in ihre Gedanken versunken. Sie trank einen zweiten Schluck Wasser, genauso bedächtig, starrte dabei hinaus auf die im Regen liegende Place Saint-Sulpice und sagte mir, dass Maurizio tot sei, der Hüter des Anwesens ihres Vaters auf Elba, sein Sohn habe sie heute Abend angerufen, um ihr das mitzuteilen.

Sie drehte sich mir zu und schaute mich lange und ernst an, fügte dann hinzu, es wäre gut, wenn wir zur Beerdigung gingen. Sie hatte »wir« gesagt, dass »wir« zur Beerdigung gehen sollten. Ich schaute sie an, aber sie sagte nichts mehr, betrachtete wieder den Regen, der draußen auf der Place Saint-Sulpice fiel. Also hatte sie mich wieder einmal angerufen, um mir den Tod von jemandem mitzuteilen (summa summarum rief Marie mich immer nur an, wenn jemand gestorben war). Trotzdem war ich betroffen, trotz allem, und auch gerührt festzustellen, dass in jedem wichtigen Lebensmoment, immer dann, wenn sich in ihrem Leben etwas Schwerwiegendes ereignete, sie sich an mich wandte. Und mit Sicherheit wäre mein Ärger noch größer gewesen, wenn ich später erfahren hätte, dass sie ohne mich zu benachrichtigen, allein nach Elba zur Beerdigung von Maurizio gefahren wäre.

Marie sah weiter schweigend hinaus auf die Place Saint-Sulpice. Ich ließ sie einen Moment allein, um auf die Toilette zu gehen. Als ich zurückkam und mich wieder an unseren Tisch setzen wollte, war Marie verschwunden. Ich blieb einen Moment am Tresen stehen. Marie war nicht mehr da, unser Tisch war leer, nur unsere Getränke standen noch da, mein Bier, das ich bestellt hatte, und ihr Glas Evian. Ihre Abwesenheit war da, offenkundig, sichtbar. Ich schaute mich im Café um, suchte sie mit Blicken. Vielleicht hatte sie sich an einen anderen Tisch gesetzt oder war aufgestanden, um sich eine Zeitschrift zu holen. Ich schaute zu den anderen Tischen, dort war sie nicht, ich fand sie nirgends. Ich warf einen schnellen Blick zum Patron und den zwei Kellnern hinter der Bar, die nichts Besonderes bemerkt zu haben schienen, stellte ihnen aber keine Fragen, mein Blick kehrte wieder zu unserem verlassenen Tisch zurück, wo die Gläser und leeren Schälchen von der Abwesenheit Maries zeugten.

Erst dann habe ich sie entdeckt, ich sah sie durch die Fenster des Cafés, sie saß draußen auf einer Bank aus Korbgeflecht, mit dem Rücken zu mir an die Scheibe gelehnt, und rauchte dort in Wind und Regen im Dunkeln eine Zigarette. Sie war da, draußen vor der in der Nacht beleuchteten Place Saint-Sulpice, auf die sie unverwandt blickte, die Zigarette in der Hand haltend, mit leicht erhobenem Arm und abgewinkeltem Handgelenk, Rauch stieg in zögerlichen Wirbeln langsam auf, und ich sah die glühende rote Spitze ihrer Zigarette jedes Mal, wenn sie einen Zug nahm, aufleuchten. Ich sah ihr Haar von hinten, es war vom Wind und Regen zerzaust, der ohne Unterbrechung vor ihr niederging. Immer wieder sprühten ihr Tröpfchen ins Gesicht, ihr langer Mantel war nass geworden, ebenso ihr Schal, den sie sich vor dem Hinausgehen wieder umgelegt hatte. Niemand in diesem Viertel schien an diesem Abend auf der Straße zu sein, der Regen hatte die Menschen in ihren Wohnungen zurückgehalten, nur wir waren auf der Place Saint-Sulpice, ich, der ich auf dieser seltsamen verglasten Schiffsbrücke mit Blick auf einen düsteren Horizont stand, und sie draußen, als Galionsfigur vor dem unsichtbaren Ozean.

Die Place Saint-Sulpice kräuselte sich im Licht der Straßenlaternen, ein paar scharf abgegrenzte Lichtpunkte glänzten hier und da vor uns in der Nacht. In der Mitte des Platzes stürzte das Wasser der Visconti-Fontäne über die Überlaufbecken, angestrahlt von den Strahlenbündeln der weißen Scheinwerfer lief durchsichtiges, bewegliches und wirbelndes Wasser die Brunnenschalen hinunter bis ins unterste Becken, in das der Regen ebenfalls ohne Unterlass fiel, Wasser, das sich mit Wasser mischte und brodelnd aufwallte, während die beiden Türme der Kirche Saint-Sulpice sich in goldbraunem, mächtigem, imposantem Profil hoch über dem Platz aufrichteten. Ich sah Marie vor mir, sah flüchtig ihr Gesicht, wenn sie eine kurze Bewegung vollführte, sie starrte weiter vor sich hin, eine Zigarette in der Hand, ihre Gestalt von hinten im Mantel im Regen, Marie die Ozeanische, die Dunstwolken von Schwermut auszuhauchen schien, die im Spiel ihres Zigarettenrauchs in der Nacht verflogen. Ich beobachtete Maries Silhouette von hinten durch das Fenster – diese Nacht im Regen war herzzerreißend –, und verstand nunmehr, in eben diesem Moment, sekundenschnell war mir die Gewissheit gekommen, dass das nicht die einzige Sache war, die sie mir sagen wollte – der Tod Maurizios und ihr Vorschlag, sie nach Elba zum Begräbnis zu begleiten –, sondern dass sie mir das, was sie sonst noch zu sagen hatte und mir noch nicht gesagt hatte, an diesem Abend noch nicht sagen würde, sondern erst in ein paar Tagen, auf

Elba. Und wenn ich später an diesen Augenblick zurückdenken sollte, würde es sich bewahrheiten, dass ich mich nicht geirrt hatte.

Marie kümmerte sich um alle Formalitäten unserer Reise nach Elba. Am übernächsten Tag holte sie mich mit dem Taxi ab. Um halb sechs Uhr morgens hielt das Taxi unten vor dem Haus in der Rue des Filles-Saint-Thomas (Marie hatte den ersten Flug nach Pisa gebucht, den um 6.55 Uhr). In Paris war es kalt und regnerisch, und wir saßen schweigend im Taxi. Marie trug einen Übergangsmantel aus heller creme- oder elfenbeinfarbener Wolle, den ich an ihr noch nie gesehen hatte. Im Halbdunkel des Taxis döste sie mit verschränkten Armen und in ihren Mantel gewickelt. Von Zeit zu Zeit gähnte sie und kniff die Augen zu, öffnete dann eines zur Hälfte und lächelte mich an, mit schweren Lidern, bereit, sie gleich wieder zu schließen. Im Flughafen Roissy, der trotz der frühen Morgenstunde schon recht belebt war, tranken wir am Tresen eines Expressrestaurants auf die Schnelle einen Kaffee aus Pappbechern, nachdem wir zuvor den Koffer von Marie eingecheckt hatten (nur ein einziger Koffer – welche Heldentat –, aber extrem voluminös und auf das Raffinierteste ausgestattet mit Fächern und Seitentaschen, Unterteilungen und zusätzlichen Täschchen, wie diese immer zum Bersten gefüllten Backpacker-Rucksäcke, an denen dann noch ein Eispickel oder eine Pfanne hängt.) Dann, nachdem wir die Sicherheitskontrolle passiert hatten, folgten wir einem verglasten Korridor, von dem aus wir auf die düsteren Pisten von Roissy blickten, bis wir das Flugzeug erreicht hatten.

Bei unserer Landung in Pisa war es noch dunkel, durch die Bordfenster sahen wir die Lichter des Flughafens. Wie in Zeitlupe rollte das Flugzeug über die Pisten des Galileo-Galilei-Airports zu seinem Platz auf dem Vorfeld. Es war 8.35 Uhr Ortszeit, und die Außentemperatur betrug 8 Grad Celsius. Wir hielten uns nicht lange am Flughafen auf, warteten nur auf Maries Koffer und fuhren dann weiter zum Bahnhof. Nachdem wir die große Anzeigetafel mit den Abfahrtszeiten der Züge studiert hatten, kauften wir zwei Tickets nach Piombino und stiegen in einen abfahrbereiten Zug, der sich fast unverzüglich in Bewegung setzte. Über der Toskana brach ein regnerischer Tag an. In einiger Entfernung war das Meer zu sehen, es war ein unheildrohendes Meer, grau und übersät mit kleinen weißen Gischtkronen, die draußen vor der Küste wie lebendige, zittrige Narben aufschäumten. Eine nasskalte und traurige Landschaft zog an unserem Fenster vorbei, Bahnhöfe in verblasstem Ocker, zwischen verregneten Feldern hier und da ein Haus auf dem Gipfel eines Hügels, Pinien in Reihen, die sich aus dem Nebel herausstanzten. Der Herbst schien das Blätterwerk der Bäume noch verschont zu haben, sie standen immer noch in vollem Grün, ohne irgendeinen Schimmer von Gelb oder Rot, diesen Goldtönungen, die man im Norden Europas findet. Im Zug dösten wir nebeneinander vor uns hin, fühlten uns, als hätten wir es mit einer leichten Zeitverschiebung zu tun, nur weil wir so früh hatten aufstehen müssen. Kurz bevor wir Piombino erreichten und der Zug vor der Einfahrt in den Bahnhof sein Tempo verlangsamte, durchfuhren wir ein durch Absperrgitter gesichertes Gelände der stahlverarbeitenden Industrie, wo hohe Industrieschornsteine Rauch in den Himmel stießen vor dem Hintergrund eines düsteren und grauen Mittelmeers.

Der kleine Bahnhof von Piombino Marittima befand sich am Ende der Strecke, eine Art Eisenbahnsackgasse, die am Hafen selbst endete. Wir stiegen aus und erreichten die Esplanade des Fährhafens über die innenliegende Treppe. Im Fährhafen war wenig los, ein paar Lastwagen standen dort hintereinander, die Fahrer warteten vor den Wagentüren, Privatautos mit italienischen Familien, die Allerheiligen auf Elba verbringen wollten. Wir gingen auf ein verglastes Gebäude mit der Aufschrift *Agencia Marittima* zu, wo wir uns die Tickets für die Überfahrt kauften, warteten dann auf dem Kai auf die Abfahrt der Fähre. Der Himmel war sehr dunkel und das Meer sah weit draußen bedrohlich und aufgewühlt aus. Immer wieder schwappte eine kleine Welle vom Bassin über die Kaimauer und bespritzte unsere Schuhe. Hier standen wir nun, Seite an Seite, Maries Koffer zu unseren Füßen, am Ende der Esplanade und schauten auf die beiden großen vor Anker liegenden Schiffe, die reglos vor uns aufragten, jenes azurblaue Schiff der Mobyline mit dem riesigen Schriftzug MOBY auf dem Rumpf, und jenes weit ältere von der Toremar-Linie, das wir nehmen würden und dessen Schornsteine vor dem Auslaufen schon rauchten. Wir betrachteten die letzten Vorbereitungen zur Einschiffung, Arbeiter ließen die Metallbrücken herab, über die die Fahrzeuge an Bord kommen sollten, als Marie mich im Regen sachte an der Hand nahm. Sie hatte mich dabei nicht angesehen, einfach nur die Hand an ihrer Seite angehoben und ganz natürlich die meine genommen, und diese so zärtliche Geste, die mich mit tiefer innerer Ruhe erfüllte, diese so unerwartete Geste erschien mir genauso überraschend, wie wenn diese beiden Schiffe dort vor unseren Augen für einen Augenblick ihre ganze leidenschaftslose Kälte, in der sie hier im Hafen zusammenlebten, aufgegeben hätten, um sich plötzlich mit einer Geste der Zärtlichkeit einander anzunähern. Ich spürte die feuchte Hand Maries in meiner Handfläche und genoss im selben Moment körperlich, wie in exklusiver Privatheit, die Richtigkeit des Universalgesetzes, demzufolge zwei Körper, die sich berühren, dazu neigen, ihre Temperatur einander anzugleichen.

An diesem Morgen war das Meer stürmisch, gleich nach dem Auslaufen aus dem Hafen begann das Schiff zu schlingern. Das Oberdeck war menschenleer gefegt von Regen und Gischt, die Passagierbänke standen verlassen im Wind. Ich stützte mich mit den Ellbogen auf die Reling und betrachtete das schwere, wellenbewegte Meer, durch das sich die Fähre im Regen ihren Weg bahnte. Die Überfahrt dauerte weniger als eine Stunde. Schon bald konnte man in der Ferne die Küste Elbas erkennen. Die Atmosphäre verschwamm im Regen, die Umrisse des bewaldeten Ufers, die sich in feuchtem Nebel auflösten, waren nur schwer auszumachen. Für mich war es eigentlich ein wohlbekanntes Bild, aber bislang war ich nur im Sommer mit dem Schiff auf Elba angekommen, bei ruhigem Meer, in dem wundervollen rosaroten und glasigen Licht der Morgenstunden. Heute konnte man Himmel und Meer kaum unterscheiden, die Küste erschien voller Wildheit, Nebelschwaden hatten sich an die Felshänge gehängt. Ich betrachtete die gleichmäßige Linie der Hügel, die den Horizont säumten, und erst da bemerkte ich – ich hatte es nicht gleich erkannt, weil der Rauch sich mit dem Nebel vermischte –, dass sich über Elba eine Rauchsäule erhob.

Je näher wir der Küste kamen, desto weniger Zweifel bestand, in der Ferne stieg tatsächlich Rauch auf, als stünde die Insel Elba in Flammen. Es war wirklich atemberaubend, obwohl natürlich unmöglich, doch es erschien mir, als ob es sich um dasselbe Feuer wie im Sommer handelte, denselben Waldbrand, der sich immer noch weiter verzehrte, weiter am Brennen war und uns verfolgte, jetzt auf unsere Rückkehr wartete. Ende des Sommers hatten wir ein brennendes Elba verlassen und fanden es jetzt, zwei Monate später, wieder brennend vor. Es dauerte nicht lange, da kam uns von weitem, kaum wahrnehmbar, ein merkwürdiger, mit der Luft des Meeres verdünnter Geruch entgegen, nicht wirklich ein Brandgeruch, nicht einer von brennenden Bäumen, sondern es roch einfach nach Verbranntem, ein beißender, kautschukartiger Geruch hing in der Luft und breitete sich in Wind und Gischt aus.

Die Rauchsäule war nun am Horizont deutlich erkennbar, wir konnten sie vom Boot aus gut sehen. Ziemlich schmal an der Basis, verbreiterte sie sich beim Aufsteigen in den Himmel, wo sie sich mit schwarzen und blauen Wolkenformationen vermengte, aufgeblähte Haufen watteartiger Cumulonimbuswolken, die der Wind träge vor sich her trieb. Ich versuchte herauszufinden, wo die Säule ihren Ursprung nahm, von welchem Ort genau der Rauch kam, und mir wurde klar, dass es mit Sicherheit nicht aus der Stadt selbst, sondern von irgendwo etwas weiter im Osten der Bucht kommen musste. Als wir uns dem Felsenvorsprung näherten, hinter dem die Hafeneinfahrt von Portoferraio lag, drosselten die Maschinen ihre Fahrt und das Schiff legte mit dem Rest seines Schwungs langsam an der Kaimauer an.

Marie hatte Mauricios Familie informiert, dass wir an diesem Morgen ankommen würden, einer seiner Söhne sollte uns vom Schiff abholen und nach Rivercina bringen. Maurizio hatte zwei Söhne, der ältere, Francesco arbeitete beim Finanzamt, und Giuseppe, den jüngeren, den ich kaum kannte, ich muss ihn nur ein- oder zweimal gesehen haben und hatte nie mit ihm gesprochen. Wir verließen das Schiff durch den Frachtraum, und da wir nicht wussten, wer uns abholen kam, schauten wir uns unten auf dem Kai um. Instinktiv war Marie in Richtung des kleinen Gebäudes der Hafenverwaltung gegangen, wo ihr Vater immer auf uns gewartet hatte, wenn er uns holen kam, und wir sahen, dass dort im grauen Dunst ein Pick-up wartete, ein enormer schwarzer Pick-up mit glänzenden, prallen Kotflügeln, der dort mit laufendem Motor und hellerleuchteten Scheinwerfern im Regen stand.

Giuseppe, der jüngere der beiden Söhne Maurizios, stieg aus dem Pick-up, von oben bis unten in Schwarz gekleidet, vielleicht wegen des Trauerfalls, aber es konnte sich auch um die Kleidung handeln, die er normalerweise trug, schwarzes Seidenhemd, schwarzes dünnes Kunstlederblouson, schwarzgetönte Ray-Ban-Brille, die er bei unserem Näherkommen abnahm, das Gesicht verschlossen, mit starrem Blick, ohne ein Wort, ohne ein Lächeln. Zwei goldfarbene Tupfer akzentuierten noch das Schwarze seines Aufzugs, ein dicker goldener Ehering gut sichtbar am Ringfinger und ein schweres goldenes oder vergoldetes Armkettchen, auf dem sein Name, *Giuseppe*, in kursiver Künstlerschreibschrift eingraviert war. Es ging von ihm etwas Abstoßendes und Unsympathisches aus, er hatte etwas von seinem Auto, so wie manche Hundebesitzer sich nach ihrem Bild immer dasselbe Viech kaufen. Marie ging auf ihn zu, nahm ihn bei der Schulter, drückte ihm ihr Beileid aus, fuhr dann sofort mit der Hand in einer liebevollen und wirren Geste durch sein Haar. *È la vita,* sagte er ohne Überzeugung mit einem etwas müden und gelangweilten Ausdruck, ging dann ein paar Schritte auf mich zu, zögerte kurz, wartete vielleicht darauf, dass ich ihn ebenfalls in die Arme schließen würde, was keinesfalls in meiner Absicht lag, ich beschränkte mich darauf, ihm aus einiger Entfernung die Hand zu reichen. Entschlossen und mit festem Griff schüttelte er mir die Hand, angestrengt und ohne ein Lächeln. Ich sagte ihm ein paar freundliche Worte auf Italienisch über seinen Vater, ich sagte ihm, dass ich ihn sehr geschätzt hätte, dass jeder auf Rivercina ihn geliebt hätte, und er hörte mir mit dem Kopf nickend und seinen Autoschlüssel in der Hand knetend zu und wiederholte denselben Satz *È la vita* in demselben gelangweilten Ton, so als ob er ihn schon Hunderte von Malen an diesem Tag gesagt hätte und es auch noch Hunderte Male tun würde.

Giuseppe bemerkte den großen Koffer Maries, hob ihn mit einer Leichtigkeit hoch, als würde er nur drei oder vier Kilo wiegen, dabei mussten es gut und gerne dreißig Kilo gewesen sein, und ging hinten an den Pick-up, dessen Ladefläche mit einer dünnen Abdeckung aus Aluminium hermetisch verschlossen war. Er öffnete das Rollo mit seinem Schlüssel, schob ein paar neue Farbeimer, Plastikcontainer und Farbrollen zur Seite, um etwas Platz für den Koffer zu schaffen, hob eine alte Decke mit Schottenmuster an, unter der zwei Benzinkanister zum Vorschein kamen, die er sofort wieder zudeckte, wobei er die Decke sorgfältig wieder an ihren Platz zurücklegte, und stellte dann den Koffer an seinen Platz auf der Ladefläche. Wir setzten uns in den Pick-up, und er fuhr langsam los in Richtung Hafenausgang, Marie saß eng an mich gedrängt zwischen uns auf dem einzigen Mitfahrersitz. Giuseppe hatte seine schwarzgetönte Brille wieder aufgesetzt, er fuhr, ohne ein Wort zu sagen. Marie führte das Gespräch, erkundigte sich nach den Neuigkeiten der Familie Maurizios, und er beantwortete ihre Fragen ebenso einsilbig wie präzise, ohne irgendwelche Umschweife, mit seinem müden und gelangweilten Ausdruck. Ich nutzte dann eine Gesprächspause, um ihn nach dem Grund des Feuers zu fragen, das wir vom Schiff aus gesehen hatten, und ohne den Kopf zu drehen, weiter gerade vor sich hinschauend, sagte er, dass die Fabrik Monte Capanne diese Nacht gebrannt hätte. *La cioccolateria?*, fragte Marie. *Si, la cioccolateria,* antwortete er.

Die Schokoladenfabrik Monte Capanne lag vier oder fünf Kilometer außerhalb von Portoferraio, nicht weit entfernt von dem Dörfchen Schiopparello, auf dem Gelände der ehemaligen Biskuitbäckerei Prati. Manchmal im Sommer, auf dem Weg nach Rivercina, hatte Marie dort Halt gemacht, um ein paar Tafeln von Hand hergestellte Schokolade zu kaufen. In der Touristensaison hatte neben der Fabrik ein kleines Verkaufshäuschen für Privatkunden geöffnet. Ich hatte Marie einmal in den Laden begleitet, und während sie ihre Wahl aus der Palette der neuesten modischen Geschmacksrichtungen traf, roter Pfeffer, Basilikum oder Ingwer, wobei jede der Tafeln auf das Sorgfältigste in klassisches Schokoladenpapier aus Stanniol gewickelt und in einen transparenten Umschlag mit dem Monogramm MC geschoben wurde, wartete ich auf sie und warf währenddessen durch das Sichtfenster im Verkaufsraum einen Blick in die Produktionsräume. Der Verkaufsraum war mit Schautafeln ausgestattet, auf denen die verschiedenen Phasen der Schokoladenherstellung dargestellt waren.

Die Schokolade wurde in diesem Familienunternehmen auf Elba noch wie früher hergestellt, mit alten Schlagwalzen, die die Bohnen aufbrechen, und antiken Drehtrommeln, in denen die Kakaostücke geröstet werden. Die Körner werden daraufhin zwischen Kalibrierungsgittern und von Drehzylindern angetriebenen Presshämmern zerstampft. Das knappe Dutzend Leute, das hier arbeitete, trug weiße Arbeitskittel und auf dem Kopf durchsichtige Hygienehauben. In Bottichen sickerte unter dem Einfluss von Hitze das Fett heraus, wurde ausgeschwitzt und schmolz zu einer zähflüssigen Masse, und es entstand ein Kakaolikör, nahezu flüssig und duftend, der in den Produktionsstätten mit den anderen Rohzutaten vermischt wurde, die bei der Schokoladenherstellung hinzukamen, mit Kakaobutter, Zucker, Vanille und Milchprodukten, je nach gewünschter Schokoladensorte.

Das Feuer war gegen vier Uhr morgens in der Schokoladenfabrik ausgebrochen. Zuerst hatte es in den als Lager dienenden Nebengebäuden gebrannt, dort, wo die Vorräte lagerten, die Säcke mit Zucker und den Kakaobohnen, von dort aus hatte sich der Brand auf das Hauptgebäude der Fabrik ausgebreitet, in dem die Produktionsstätten und das Büro untergebracht waren. Mindestens vierzig Feuerwehrleute und nicht weniger als sechs Feuerwehrwagen aus Portoferraio, aber auch von anderen Feuerwachen der Insel, waren im Einsatz, der Brand konnte erst gegen acht Uhr morgens unter Kontrolle gebracht werden. Noch jetzt war das Feuer nicht restlos besiegt. Als Giuseppe auf dem Weg zum Hafen vor einer halben Stunde dort vorbeigekommen war, wären noch zwanzig Männer damit beschäftigt gewesen, das Gelände zu sichern. Sobald wir den Kreisel bei der Zementfabrik am Ortseingang von Portoferraio hinter uns gelassen hatten, schlug uns erneut jener Feuergeruch entgegen, den wir schon auf dem Schiff weit draußen auf dem Meer wahrgenommen hatten, dieser Geruch nach Verbranntem, der jetzt in aller Penetranz trotz der geschlossenen Fenster in den Pick-up drang und den wir nun nicht mehr ignorieren konnten, weil er sich überall im Innern des Wagens ausbreitete. Aber dieser Geruch nach Verbranntem, den ich zunächst einfach nur wahrgenommen hatte, ohne ihn einordnen zu können, begann sich nun in meinem Geist klarer zu strukturieren, seitdem ich wusste, dass eine Schokoladenfabrik gebrannt hatte. Von diesem Indiz geleitet, konnte mein Hirn Ausmaß und Ursache erkennen, den Geruch verfeinern, ihn vollständig einkreisen, ich begann sogar, feinere und süßere Nuancen in ihm zu entdecken, eine fast zuckrige Note, und in meiner Vorstellung entstand, subjektiv und samtweich, ein wirklicher Schokoladengeruch.

Je näher wir kamen, desto mehr verfinsterte sich die Luft, und die Straße vor uns wurde immer schwärzer, als würden wir in die Nacht, in die untergehende Sonne hineinfahren und nicht einfach nur nach Osten. Rauchschwaden hingen noch über der Straße, sie vermischten sich mit dem Regen und dem Nebel vor der riesigen regennassen Windschutzscheibe unseres Pick-ups, über die die Scheibenwischer hin- und herschwangen. Einige Kilometer weiter stockte der Verkehr vor einer Straßensperre, die dort errichtet worden war, Polizisten leiteten den Verkehr um, Motorradpolizisten in schwarzen Lederkombinationen und großen weißen Helmen unterstützten sie dabei, ihre mächtigen Motorräder parkten am Straßenrand. Giuseppe hatte sich in die Schlange der Autos eingereiht und verfolgte, die Hände um das Lenkrad geklammert, die zeitlupenhafte Bewegung der Wagen, um dann, von einem plötzlichen Impuls gepackt, das Lenkrad scharf links einzuschlagen, entschlossen auf die Straßenmitte zu fahren und dann weiter vor bis zur Einfahrt der Schokoladenfabrik. Sofort kamen mehrere Polizisten zu uns herübergerannt, und er ließ sein Fenster herunter. Er wechselte ein paar Worte mit ihnen, schnell und schroff, ich verstand nicht recht, was er sagte, einer der Polizisten gab ihm ein Zeichen, dass er weiterfahren könne, und machte ihm die Durchfahrt frei, und er passierte das Gittertor der Fabrik, fuhr heftig hinein auf die kiesbestreute Auffahrt und beschleunigte, damit die Reifen nicht in den schlammigen Fahrrinnen steckenblieben.

Er parkte den Wagen vor dem ausgebrannten Fabrikgebäude neben einem Polizeifahrzeug und einigen Feuerwehrwagen. Ohne ein Wort und ohne weitere Erklärung stieg er aus, und wir folgten ihm zögernd, stapften durch die aufgeweichte Erde hinter ihm her. Überall lagen Dutzende Meter von Feuerwehrschläuchen durcheinander und sich selbst überlassen auf dem Boden herum. Hinter der nicht mehr existenten Tür des Verkaufsraums, den wir kannten, und den zerstörten Fenstern sahen wir auf rußschwarze Wände und herausgebrochene Steine. Ein gutes Dutzend Personen in Uniform, Feuerwehr, Polizei, in kleinen Gruppen verteilt auf dem Gelände, Leute von der Spurensicherung in ihrer merkwürdigen Schutzbekleidung, in diesen weißen Overalls und mit ihren antiseptischen Gesichtsmasken, die unter anderen Umständen mit den Mitarbeitern der Schokoladenfabrik hätten verwechselt werden können. Überall auf dem Areal, das durch die Hektoliter Wasser, die durch die Feuerwehrschläuche geströmt waren, völlig überschwemmt war, schwammen oder trieben, umgestürzt oder aufeinandergestapelt, Plastikstühle, Metallskelette und verbrannte Trümmer herum. Der Geruch, der hier herrschte, bot keine subtile Nuance mehr, er war nur noch bedrückend und erschwerte das Atmen. Aus dem eingestürzten Dach des Hauptgebäudes entwich noch ein ununterbrochener Strahl von weißdampfendem Rauch, hier und dort kokelte es aus Haufen von Metalltrümmern. Zwei oder drei Carabinieri bildeten eine Art Postenkette und sperrten den Zugang zu dem noch nicht gesicherten Gebäude. Nach ein paar Schritten hielten wir vor dem Eingang zu den Produktionsstätten. Das Mauerwerk war verschwunden, geblieben waren nur noch die Metallstrukturen und die verkohlten Trägerbalken des Gebäudes, und dort, im düsteren Innern der trostlosen Halle, vor der wir standen, ragten in der Mitte drei Bottiche aus Edelstahl gespenstig in die Höhe, jeder fast vier Meter hoch, deren gerundete Außenwände das Feuer gut überstanden, die sogar ihre ursprüngliche Färbung behalten hatten und in silbernen Farbreflexen glänzten, nur an manchen Stellen zeigten sich, dort wo das Feuer an ihnen geleckt hatte, wie Versteinerungen langgezogene bräunliche Verlaufsspuren. Alles andere war den Flammen zum Opfer gefallen, Asche und verkohlter Schutt schichtete sich in einem völligen Chaos auf dem Boden, inmitten der Trümmer ein umgestürztes Fließband und die Überbleibsel einer alten Schokoladenmischmaschine der Marke Carle & Montanari.

Wir hielten uns nur einen kurzen Moment auf dem Fabrikgelände auf, aber in der kurzen Zeit, die wir auf der

Brandstelle verbrachten, war ich doch verwundert über die Art, wie sich Giuseppe dort verhalten hatte, der nicht wie wir unschlüssig und ohne Orientierung durch die Ruinen der Fabrik irrte, sondern der sich hier bestens auszukennen schien und sich zielstrebig fortbewegte, ich sah sogar, wie er in einen vom Feuer verschont gebliebenen Schuppen gegangen war, einen Moment darin verschwand und beim Herauskommen eilig etwas unter seinem Blouson zu verstecken schien. Ich lief mit Marie zwischen kleinen rauchenden Haufen herum, drehte mich von Zeit zu Zeit unauffällig nach Giuseppe um, beobachtete, was er gerade trieb, fand ihn immer noch in einem angeregten Gespräch mit einem Polizisten, demselben Polizisten in Zivil (er trug eine orangefarbene Binde um den Ärmel seiner Jacke), dem er dann hinter die Absperrungskette der Carabinieri ins Innere der verbotenen Zone folgte, sich dort zu Boden beugte und mit den Leuten der Spurensicherung über deren Erkenntnisse diskutierte. Als er wieder zu uns kam, gab es kein Wort, kein Lächeln, keinerlei Erklärung oder Kommentar. Er lief zum Pick-up, wir stiegen wieder ein und setzten unsere Fahrt fort. Beim Losfahren machte er mit der Hand dem einen Polizisten ein schnelles Zeichen und fuhr den mit Fahrrinnen und tief in den Schlamm gegrabenen Reifenspuren aufgepflügten Weg wieder hinunter.

Wir hatten uns wieder auf den Weg nach Rivercina gemacht. Giuseppe hatte seine schwarze Sonnenbrille abgenommen und auf das Handschuhfach gelegt, er fuhr schweigend, ganz in seine Gedanken vertieft. Er drehte seinen Kopf zu Marie und warf uns beiden verstohlen einen Blick zu, für ihn mussten wir beide ohne Zweifel so etwas wie eine Einheit, ein einziges doppelköpfiges Wesen sein, merkwürdig eingekeilt neben ihm auf dem Beifahrersitz. Er musterte uns mit diesem gelangweilten und misslaunigen Ausdruck, der möglicherweise von seiner Trauer rührte oder den er immer hatte und den die Trauer noch verstärkte und legitimierte, und nachdem er uns so gemustert hatte, sagte er, es sei kein Unfall gewesen. Und als wir auf diese Mitteilung nicht reagierten, warf er erneut lauernd einen kurzen, flüchtigen Blick auf uns – herausfordernd und mit sichtbarer Genugtuung – und fügte dann hinzu, es sei Brandstiftung gewesen, die Polizei habe Spuren entdeckt, die auf einen Einbruch schließen ließen, die Schlösser an der Tür des Lagers seien aufgebrochen worden. Er sagte das in seiner gelangweilten Art, fast widerwillig, ohne uns anzuschauen, ohne allerdings auch eine gewisse düstere Befriedigung kaschieren zu können, die Art Schadenfreude, die man dabei empfindet, wenn man anderen eine schlechte Nachricht überbringen kann, sofern es die Umstände erlauben – und ganz offensichtlich erlaubten es ihm die Umstände nicht allzu häufig –, oder unangenehme Sachen aufrührt oder sich im Unglück anderer gefällt. Marie neben mir auf dem Beifahrersitz, quasi im Amazonensitz halb auf meinen Knien, betrachtete ihn aufmerksam. Er fuhr fort zu erzählen, und sie betrachtete ihn weiter mit einer Reglosigkeit, die sich unmerklich verstärkt hatte, einer Reglosigkeit, die immer angespannter wurde, intensiver, ich spürte an meinem Schenkel, wie sich ihr Körper mehr und mehr verspannte, instinktiv war sie von ihm weggerückt, näher an mich heran, und sie hörte ihm kühl zu – mit starrem Blick, vorwurfsvoll –, ohne sich sicher zu sein, ob sie verstehen wollte, was er sagte oder was er damit beabsichtigte. Vielleicht war aber auch die Sprache das Hindernis, und wir verstanden nicht alle Feinheiten dessen, was er sagte, vielleicht machten wir aus einem harmlosen Geplauder ein Drama, vielleicht überinterpretierten wir, was er uns nicht gesagt, sondern nur angedeutet hatte in seinem vielsagenden, giftigen Italienisch. Was er jedenfalls durchblicken ließ, war, dass die Scalione, die Eigentümerfamilie der Schokoladenfabrik Monte Capanne, geglaubt hatte, ohne Schutzgeldzahlungen auszukommen.

Als Rivercina in Sicht kam, fiel Giuseppe wieder in sein Schweigen zurück, er fuhr langsamer und bog in die kleine, private Stichstraße ein, die zum Grundstück führte. Als wir am Haus von Maurizio vorbeikamen, dessen Fensterläden geschlossen waren, beugte sich Marie zum Fenster hinüber und betrachtete das Gebäude mit einem Ausdruck von verborgener Zärtlichkeit und mitfühlendem Schmerz und bat darum, einen Moment anzuhalten, damit sie Antonina, die Frau von Maurizio, umarmen könnte, aber Giuseppe nahm keine Rücksicht auf ihren Wunsch, verlangsamte nicht einmal seine Fahrt, beschleunigte eher, ließ die vier Räder seines Vehikels im Schlamm durchdrehen und sagte, seine Mutter sei müde und könne jetzt keinen Besuch empfangen, Marie würde sie am Nachmittag bei der Beerdigung sehen. Er sagte dies in einem scharfen Ton – und blieb ohne Widerrede. Marie schaute ihn an, mit immer noch starrem, vorwurfsvollem Blick, widersetzte sich aber nicht, sie begriff, dass sie bei ihm nichts erreichen würde, wenn er es nicht selbst so beschlossen hätte. Und was er beschlossen hatte, war, uns so schnell wie möglich in Rivercina abzusetzen und sofort wieder wegzufahren. Er hatte allem Anschein nach vor der Beerdigung noch Dinge zu erledigen. Am Ende des Weges kamen wir auf eine Art terrassiertes Gelände, auf dem ein Schuppen stand, in dem der alte Lieferwagen von Maries Vater zwischen ausrangiertem Gartengerät den Winter über stand. Die Straße endete dort, und Giuseppe ließ uns oben an der Treppe aussteigen, er kam nicht weiter mit, händigte Marie den Bund mit den Schlüsseln von Rivercina aus, auch den großen vergoldeten Haustürschlüssel. Wir stiegen aus dem Pick-up, auch Giuseppe stieg aus, half uns, den großen Koffer Maries abzuladen. Als er die Ladefläche öffnete, fiel mir erneut die alte Decke mit dem

Schottenmuster ins Auge, und ich wusste genau, weil ich sie ja gesehen hatte, als wir den Koffer Maries aufluden, dass sich dort unter der Decke zwei Benzinkanister befanden. Mir war sogar aufgefallen, dass Giuseppe sie sofort wieder zugedeckt hatte, kaum dass sie ans Tageslicht gekommen waren (als hätte er sie vor uns verbergen wollen, dieser Gedanke war mir durch den Kopf geschossen). Und obwohl ich die Kanister nur für Sekundenbruchteile gesehen hatte, erinnerte ich mich noch sehr genau an ihr Aussehen, es waren zwei rote Fünfliterkanister aus verstärktem Polyethylen mit schwarzem Schraubverschluss, von denen ich zuerst nur gedacht hatte, sie dienten Giuseppe für Arbeiten am Haus oder als Reserve für seinen Wagen oder sein Boot – aber bei genauerem Nachdenken hätten sie genauso gut dazu dienen können, eine Fabrik in Brand zu setzen.

Giuseppe war sofort wieder losgefahren. Er war wieder in seinen Pick-up gestiegen und hatte uns ohne ein weiteres Wort stehengelassen. Wir machten uns auf den Weg zum Haus. Als ich die Umrisse des Hauses am anderen Ende der mit Bäumen gesäumten Allee im Regen sah, war ich überrascht, wie sehr sich dieses Bild von dem unterschied, das wir vom letzten Sommer in Erinnerung hatten, als ob sich der Wechsel der Jahreszeiten hier an diesem Ort viel radikaler vollziehen würde, ohne die winzigen, unsichtbaren Zwischenschritte, die normalerweise die eine Jahreszeit in die andere übergehen lassen. Marie öffnete die Tür mit dem großen vergoldeten Schlüssel des Schlüsselbunds und drückte gegen das Türblatt, das knarrend über den Boden schleifte. Im Flur gab es kein Geräusch, auch nicht das geringste Licht. Wir bewegten uns in dieser Finsternis voran, kamen in den Salon, entdeckten dort einen Haufen Gartenmöbel, die über den Winter hier hereingeräumt worden waren. Der große schmiedeeiserne Gartentisch von der Terrasse thronte in der Mitte des Raums mit den schweren Gartenstühlen, die aufeinandergestapelt waren. Zusammengefaltete Sonnenschirme lehnten an der Wand, Liegestühle waren senkrecht vor die Regale gestellt worden. Alle Fensterläden im Raum waren geschlossen. Es roch muffig und nach feuchtem Staub. Marie beugte sich vor, um eine kleine grüne Lampe anzuschalten, die auf dem Boden stand, und im Schein dieser schlecht installierten Lampe, die erst zwei- oder dreimal aufflackerte, bevor sie leuchtete, sahen wir auch die anderen Möbel aus dem Haus im grünlichen Halbschatten zum Vorschein kommen, die Lehnsessel, das Kanapee, der Eichenholzschreibtisch des Vaters, alle bedeckt mit weißen Laken oder großen grauen Plüschdecken. Ich bahnte mir einen Weg durch das Möbellabyrinth und betrat das Schlafzimmer im Erdgeschoss, das ich im Sommer bewohnt hatte. Die Tür klemmte, ließ sich nicht ganz öffnen, war blockiert durch noch mehr Gartenmöbel und einen alten Grill, die man dort eingelagert hatte. Das Bett war nicht gemacht, das Bettgestell nackt, die Kopfpolster lehnten verdreht und außer Form gebracht an der Wand. Ich schlängelte mich bis zum Fenster vor und versuchte, die Fensterläden zu öffnen, sie aufzustoßen, um Licht hereinzulassen und das Zimmer zu lüften, aber der Laden wollte nicht aufgehen, und erst als ich wieder aus dem Haus ging und das Gebäude umrundete, wurde mir klar, dass wegen des bevorstehenden Winters alle Läden zugenagelt waren, ein Brett versperrte das Fenster, und es war unmöglich, es zu öffnen.

Marie hatte sich nicht von der Stelle gerührt, war an der Tür zum Wohnzimmer stehen geblieben, die Hände in ihre Manteltaschen gebohrt, und starrte verständnislos auf die Anhäufung von Möbeln, stumm, niedergedrückt, als hätte sie gerade eine Überschwemmung entdeckt oder eine eingestürzte Decke. Ich schlug ihr vor, wenigstens die Bezüge von den Möbeln zu nehmen, damit man sich im Zimmer besser zurechtfindet. Sie ließ sich wie ein Schlafwandler führen und half mir, die großen weißen Tücher von den Möbeln zu ziehen. Dann schafften wir ein paar Liegestühle auf die Terrasse und brachten die Sonnenschirme nach draußen. Es war ein Kommen und Gehen im Zimmer, um dem Haus wieder einen etwas wohnlicheren Anstrich zu geben. Es war mir gelungen, einen der wenigen Fensterläden des Wohnzimmers zu öffnen, die nicht zugenagelt waren, ich legte eine alte CD auf, die wir im letzten Sommer gehört hatten (*Ancora tu* von Lucio Battisti). *E come stai? Domanda inutile. Stai con me e ci scappa da ridere. Amore mio ha già mangiato o no. Ho fame anch'io e non soltanto di te.* Da lächelte Marie mich an – es war ihr erstes Lächeln an diesem Tag, vielleicht überhaupt das einzige für heute (es gab allen Anlass, pessimistisch zu sein).

Nachdem der Regen aufgehört hatte, machte ich einen Rundgang auf dem Grundstück. Ich ging um das Haus herum zu dem kleinen Garten hinter dem blauen Gitter. Er war verwildert, Unkraut hatte alles überwuchert. Ich unternahm nicht den Versuch hineinzugehen, setzte meinen Rundgang fort, entfernte mich in Richtung Fluss. Der Erdboden war durchnässt, überall tropfte es aus dem Blattwerk. Ich kam an der Pferdekoppel vorbei, die leer und trostlos dalag, einige Pfähle der Umzäunung waren umgefallen, ich ging an den verlassenen Geländeterrassen vorbei zum Meer hinunter. Am Ende des Anwesens angekommen, betrat ich einen kleinen, fast zugewachsenen Pfad, der mitten durch die Macchia führte. Das Haus war nun nicht mehr in Sichtweite, ich lief weiter, an Brombeersträuchern und anderem Gestrüpp vorbei, hörte plötzlich aus einiger Entfernung Schüsse, zwei, dann drei Schüsse, wie Türen, die in der unermesslichen Stille der Natur zuschlugen. Ich verlangsamte meinen Schritt, versteifte mich, beobachtete aufmerksam die reglosen Wipfel der nassen Büsche um mich herum. Das mussten Jäger sein, möglicherweise Wilderer, was wusste ich. Vorsichtig ging ich weiter, spannte jetzt die Muskeln an, war auf der Hut, immer darauf gefasst, eine unangenehme Begegnung zu machen, wurde noch langsamer, als ich auf eine ungeschützte Fläche kam, fürchtete, hier zur Zielscheibe zu werden, ich machte absichtlich Geräusche, hustete ostentativ, um auf mich aufmerksam zu machen, um nicht für irgendein Wild gehalten zu werden. Dann hörte ich wieder Schüsse, zwei, dann drei, vielleicht vier dieses Mal – Schüsse, die noch immer unsichtbar blieben –, die mir aber jetzt näher, bedrohlicher schienen, und ich beeilte mich, wieder zurück zum Haus zu kommen.

Dort stand die Eingangstür immer noch offen, und Maries Koffer war immer noch exakt an dem Ort, wo wir ihn abgestellt hatten. Marie hatte sich nicht aus dem Wohnzimmer bewegt, sie hatte die Musik ausgeschaltet und sich in einen der breiten Lehnsessel gesetzt. Ich ging zu ihr in das Wohnzimmer und setzte mich in den zweiten Sessel ihr gegenüber. Wir sprachen nicht. Wir waren da, saßen zu zweit in unseren Mänteln in dem unbewohnten Zimmer dieses herrenlosen Hauses. Der Raum hatte fast wieder sein ursprüngliches Aussehen angenommen, auch wenn es weiterhin hier sehr düster war und es stark muffig roch. Ich schaute auf die Uhr, es war kurz nach Mittag, die Beerdigung von Maurizio würde nicht vor drei Uhr beginnen. Die Eingangstür war offen geblieben, draußen hörte man den Regen fallen – einen ununterbrochenen Regen, der in den Dachrinnen gurgelte.

Marie erhob sich, um ein Buch aus der Bibliothek ihres Vater herauszusuchen, und begann, mir gegenübersitzend zu lesen. Ich beobachtete sie schweigend. Ich spürte, wie sie sich schrittweise den Ort wieder aneignete, an dem ihr Vater gelebt, wo er gewohnt und gearbeitet hatte, im Winter gelesen, wenn er lange Tage hier eingesperrt war, während draußen der Regen ohne Unterbrechung fiel. Maries Vater hatte die letzten Jahre seines Lebens in diesem Haus verbracht, umgeben von Büchern, und er hatte es so gut wie nie verlassen, er hatte Gesellschaft gemieden. Als kultivierter Mensch, der er war, sprach er mehrere Sprachen (aber mit niemandem mehr), er hatte sich nach und nach völlig von der Welt gelöst. Ich spürte, wie der Tod von Maurizio die schmerzhafte Wunde, die der Tod ihres Vaters in ihr hinterlassen hatte, wieder aufriss. Hier in Rivercina war Maurizios Tod keine Abstraktion mehr, keine Nachricht von weither, wie es in Paris gewesen sein mochte, als sie die Mitteilung erhalten hatte. Nein, hier hatte Maurizio gelebt, hier waren Marie und er sich jeden Sommer immer wieder begegnet, seit über zwanzig Jahren. Gerade erst im letzten Sommer hatte sie Maurizio in seinem schwerfälligen und robusten Gang hier durch dieses Zimmer gehen sehen, auf dem Weg in ein Schlafzimmer oder hinauf in den ersten Stock. In allen ihren Lebensaltern musste sie ihn vor Augen haben, im Wohnzimmer, auf dem Weg zurück zum Flur, mit seiner sonnengegerbten Haut, seinen breiten Schultern, seinen großen Händen, meist bekleidet mit einem festen, weiß-blau karierten Hemd. Marie musste auch Erinnerungen an Maurizio haben, von denen ich mir nicht einmal eine Vorstellung machen konnte und die sich hier an diesem Ort notwendigerweise und unvermeidbar mit den Erinnerungen an ihren Vater überlagerten. Denn hier, in diesem verlassenen Zimmer, in diesem herrenlosen Haus, ließ sich die Abwesenheit ihres Vaters bis in den letzten Winkel spüren, materialisierte sich in jedem Luftpartikel. Jedes Möbel, jeder Gegenstand trug unauslöschliche Spuren seiner vergangenen Anwesenheit, und mehr als alles andere die Bibliothek, diese beeindruckende Sammlung kunstgeschichtlicher und philosophischer Werke, die er liebevoll über die Jahre zusammengetragen hatte. Marie unterbrach ihre Lektüre und hob, das Buch in der Hand haltend, den Kopf in meine Richtung. Ich sah, dass sie völlig kraft- und willenlos war, leer und entmutigt, nicht in der Lage zu lesen, nicht in der Lage, auch nur irgendetwas zu tun. Sanft lächelte sie mich an, und von ihren Augen konnte ich ihre Bitte ablesen, ihr zu Hilfe zu kommen, ihr Beistand zu geben, es hatte etwas Flehentliches, wie eine innere Mattigkeit, Mutlosigkeit, Entsagung. Ich möchte weinen, sagte sie zu mir. Ich ging zu ihr hinüber, und sie nahm meinen Arm, drückte ihn einen Moment mit schmerzender Intensität. Dann zog sie sich an meinem Arm hoch und umarmte mich einen Moment wortlos, in einer stummen Geste der Dankbarkeit, dass ich sie nach Elba begleitet hatte, und gemeinsam empfundener Sympathie, als wenn wir uns gegenseitig unser Beileid zum Tod Maurizios ausdrücken wollten und vielleicht auch, darüber hinaus, zum Tod ihres Vaters. Es war eine keusche Umarmung, verhalten und unerwartet. Wir standen in unseren Mänteln im Wohnzimmer, umarmten uns und berührten uns dabei kaum. Alles dauerte nur einen Moment. Dann löste sie sich sachte von mir, kam wieder zu sich, fing sich wieder, und wir gingen zum Eingang, um ihren Koffer in ihr Schlafzimmer hochzubringen.

Mit dem schweren Koffer folgte ich Marie, schleppte ihn die Treppe hinauf. Oben knipsten wir das Licht an und liefen den Flur entlang zu Maries Schlafzimmer. Sie betrat das Zimmer zuerst, ich folgte ihr mit dem Koffer, sah, wie sie plötzlich erstarrte, versteinerte, wie gelähmt war sie – es gab keinen Aufschrei, keine Handbewegung, vielleicht ein leichtes Zittern, aber sie tat keinen weiteren Schritt mehr, blieb auf der Stelle stehen, reglos, in ihrem Schwung gebremst. Jemand musste in ihrer Abwesenheit in ihrem Bett geschlafen haben. Das Bett war ungemacht, die Laken verknittert. Auch ich war hinter ihr stehen geblieben, ebenso erstaunt und sprachlos wie sie starrte ich auf die unordentlich bis auf den Boden hinunterhängenden Bettdecken. Ich warf einen schnellen Blick durch das Zimmer, eine Hose lag zusammengeknüllt vor dem Stuhl, daneben ein Paar alter Schuhe. Ich sah noch eine angebrochene Mineralwasserflasche, auf dem Boden liegende Hefte, einen Aschenbecher voller Zigarettenkippen. Marie begann jetzt stärker zu zittern, ein Beben ging durch ihren Körper, bis sie schließlich ihre Fassung wiedergewann und sagte: »Hier bleiben wir nicht.« Das war unwiderruflich und definitiv, sofort hatte sie sich wieder in der Gewalt, war entschlossen und bestimmt, stürmte die Treppe hinunter, um das Haus zu verlassen. Ich hatte gerade noch Zeit, einen kurzen Gang durch das Schlafzimmer zu machen und schnell die Schubladen der Kommode aufzuziehen und sie zu inspizieren, sie dann gleich wieder zuzuschieben, als ich in der untersten Schublade zwischen Bettlaken und Sachen von Marie auf Munition stieß, auf Schachteln mit Patronen. Ich beeilte mich mit dem Koffer die Treppe hinunter, Marie hatte bereits die Wagenschlüssel ihres Vaters aus der Küche geholt und wartete vor der Haustür auf mich. Ich trat hinaus, und sie schloss die Tür hinter mir ab, den Gartentisch ließen wir draußen stehen und eilten mit weiten Schritten die Allee entlang – von meiner Entdeckung erzählte ich ihr nichts.

Wir beschleunigten unsere Schritte, dieser überstürzte Aufbruch erinnerte mich an die Nacht des großen Feuers

Ende des vergangenen Sommers, als wir ohne uns umzudrehen das Grundstück verlassen und alles zurücklassen mussten, es war dieselbe kopflose Eile, dieselbe Dringlichkeit, so schnell wie möglich zum Auto zu kommen. Auf dem Parkplatz hievte ich den Koffer auf die offene Ladefläche des kleinen Lastwagens, versuchte noch, ihn dort irgendwie mit Spannseilen zu befestigen, doch Marie hatte bereits den Rückwärtsgang eingelegt und war losgefahren. Ich rannte einige Meter neben dem Wagen her, ließ dann die Spannseile fallen, der Koffer war nur mit einem Haken am Griff befestigt, und sprang, während sie schon den Weg hinunterfuhr, zu Marie in den alten Lieferwagen.

Als wir am Ende der Zufahrt am Haus von Maurizio vorbeikamen, beugte ich mich zum Fenster, um nachzusehen, ob Giuseppe bei seiner Mutter Halt gemacht hatte, nachdem er bei uns weggefahren war. Das Haus sah genauso aus wie vorher, die Fensterläden waren noch immer verschlossen, die Terrasse lag verlassen da und weit und breit gab es keine Spur von Giuseppes Wagen. Marie würdigte das Haus mit keinem Blick, sie bog auf die Straße nach Portoferraio. Sie fuhr mit verschlossenem Gesicht, mit kalter Wut, sie konnte ihren Ärger gerade noch zügeln, war aufs Äußerste gereizt. Niemals wäre so etwas zu Lebzeiten von Maurizio passiert, sagte sie, niemals hätte er jemanden im Haus schlafen lassen, wenn wir nicht da sind – nicht einmal ins Haus gelassen hätte er jemanden, niemals hätte jemand den

Fuß in unser Haus setzen dürfen, nur er allein habe das gedurft, oder ein Handwerker, den er reingelassen und beaufsichtigt, dann wieder hinausbegleitet hätte, Maurer oder Klempner, die ein paar notwendige Instandhaltungs- oder Reparaturarbeiten erledigen mussten. Und jetzt war Maurizio noch keine Woche tot und schon werde das Haus als Unterschlupf für *latitanti* benutzt (sie sagte das Wort auf Italienisch, *latitanti,* mit unüberhörbarer Abscheu), und der Verantwortliche hatte für sie schon einen Namen, daran bestand kein Zweifel: Es war Giuseppe.

Als wir Portoferraio erreichten und durch die Stadt fuhren, schien Marie nicht über ihr Ziel nachzudenken. Entschieden fuhr sie geradewegs zum alten Hafen, wurde vor den Arkaden der *Porta a Mare* langsamer und stellte den Wagen auf dem Parkplatz ab. Wir stiegen aus. Marie hatte keinen Augenblick gezögert, als ob sie, seitdem wir Rivercina verlassen hatten, die ganze Zeit gewusst hätte, wohin wir fahren würden (aber wahrscheinlich hatte sie sich überhaupt keinen Gedanken darüber gemacht, sie wollte bloß diesen Ort so schnell wie möglich verlassen). Seit einigen Minuten regnete es nicht mehr, der Boden des Parkplatzes war noch nass. Marie, den Koffer zu unseren Füßen, sah unschlüssig auf die ocker- und rosafarbenen Gebäude des Platzes mit den grünen Fensterläden und mit Ziegeln gedeckten Dächern. Nicht weit vom Dom entfernt erkannte ich auf dem Platz die Fassade des kleinen Hotels

Ape Elbana, in dem ich im vergangenen Jahr gewohnt hatte, als ich zur Beerdigung von Maries Vater nach Elba gekommen war. Angesichts von Maries Unentschlossenheit war ich es schließlich, der die Sache in die Hand nahm. Ich schnappte mir den Koffer und ging direkt auf das Hotel zu. Ich stieg die kleine Vortreppe hoch, betrat das Hotel und fragte die Dame, die nach einem kurzen Moment an der Rezeption erschien (vielleicht dieselbe Dame, die mich vor einem Jahr empfangen hatte), ob sie ein freies Zimmer hätte. Ja, fast alle Zimmer des Hotels waren frei.

Die Dame begleitete uns auf die erste Etage, öffnete dort die Tür eines Zimmers, eines sehr geräumigen Zimmers mit hohen Decken und einem *letto matrimoniale*. Das Mobiliar war nicht mehr ganz frisch, Nachttische aus Resopal, eine Bettdecke aus grünlichem Musselin, wenig Teppich auf dem alten melierten Linoleumboden. Ein zusätzliches Bett stand an eine Wand gerückt neben einem runden Tisch mit Stühlen, darauf ein winziges Fernsehgerät. Das Ganze wirkte planlos zusammengestellt und ohne Zusammenhang, aber der Raum an sich war prachtvoll, er hatte drei große Fenster, die alle auf den Platz gingen, die Jalousien waren heruntergelassen. Kaum im Zimmer, ging die Dame sofort zu den Heizungen hinüber und drehte die Regler voll auf, nacheinander ging sie von Heizkörper zu Heizkörper und stellte alle drei Thermostate auf Maximum. *Aspettate un attimo*, sagte sie und erklärte, dass man einige Minuten warten müsste, bis es warm werden würde. Tatsächlich war es in dem Zimmer sehr kalt, allem Anschein nach sogar kälter als draußen. Sie ließ den Zimmerschlüssel auf dem Tisch liegen und ging hinaus. Wir behielten die Mäntel an, machten eine Runde im Zimmer. Marie öffnete die Tür zur Toilette, warf einen Blick hinein, schloss sie wieder. Ich schaltete den Fernseher an – schwierig zu sehen, ob er funktionierte oder nicht –, drückte dann wieder den Knopf, um ihn auszuschalten. Wir gingen zum Fenster, zogen eine Jalousie hoch und schauten auf den Platz hinaus. Es gab nichts Bestimmtes, das wir hätten tun können, und wir blieben deshalb nicht länger im Zimmer.

Wir verließen das Hotel. Über den Straßen von Portoferraio lag noch immer dieser durchdringende Schokoladengeruch. Die Stadtluft war völlig von ihm durchtränkt. An diesem Morgen, bei Tagesanbruch, muss auch hier der Geruch nach Verbranntem gewesen sein, der im Grau der Morgendämmerung spürbar war. Rauchschwaden mussten vom Wind bis hierher getragen worden sein und lange in den Sträßchen des Orts gehangen haben, bevor sie sich nach und nach verflüchtigten. Aber jetzt hatte der Geruch sich von Grund auf geändert, als ich auf die Straße trat, kam es mir vor, als wenn ich eine richtige Wolke heißer Schokolade einatmen würde. Als hätte sich der zunächst erstickende Brandgeruch mit der Zeit seiner ekeligen Bestandteile entledigt – der schädlichen und giftigen Emanationen, des Gestanks nach verbranntem Gummi –, um sich gewissermaßen zu öffnen, wie Wein oder ein Parfum sich öffnet, um subtilere Verführungen preiszugeben – eine Pfeffernote, den Duft von Zitrusfrüchten oder Pomeranzen –, die, weil sie davor nie die Gelegenheit dazu hatten und hinter dem kräftigen, alles beherrschenden Brandgestank versteckt waren, jetzt zum Vorschein kamen. Hast du's bemerkt, es riecht nach Schokolade, sagte Marie lächelnd zu mir, als wir wieder unseren Wagen erreicht hatten, und begann, in die Luft hineinzuschnüffeln, ostentativ die Nase in die Luft zu strecken und tief einzuatmen, die Hände in ihren Manteltaschen.

Der exquisite Schokoladengeruch begleitete uns während unserer Fahrt durch die Stadt, er schien überall in der Atmosphäre zu hängen, über dem alten Hafen bis zu den Festungsmauern der Zitadelle, er schwebte in dem gräulichen Himmel über Portoferraio, immateriell, sämig, milchig, ein betörender Duft nach Vanille und Schokolade. Es regnete zwar nicht mehr, aber der Himmel hatte noch immer etwas Bedrohliches, schwarze Wolken ballten sich in der Ferne zusammen, große dunkle Pfützen breiteten sich auf der Straße aus. Am Kreisverkehr beim Zementwerk bog Marie nicht wie gewöhnlich nach Rivercina ab, sondern nach rechts in Richtung des Friedhofs, wir durchquerten kleine, menschenleere Gassen eines etwas abgelegenen Viertels, das wir nicht kannten. Bald kamen wir in Sichtweite des städtischen Stadions mit dem unbelebten Fußballfeld hinter dem Drahtzaun, den zwei leeren Toren und einer kleinen überdachten Tribüne. Der Friedhof befand sich direkt gegenüber. Marie parkte den Wagen, und wir gingen den Rest des Wegs zu Fuß. Da glaubte ich Giuseppes Auto am Straßenrand zu erkennen, und beim Anblick des großen Pick-ups setzte sofort wieder dieses unbehagliche Gefühl bei mir ein, das mir zu verstehen gab, wie unangenehm es für uns werden würde, Giuseppe bei der Beerdigung zu begegnen.

Vor dem Friedhof herrschte reger Betrieb, Autos wurden geparkt, Leute passierten in kleinen Grüppchen das Gitter. An zwei oder drei provisorischen Verkaufsbuden auf dem Gehweg wurden, einen Tag vor Allerheiligen, Blumen verkauft, einfache, improvisierte Stände, Holzplatten auf Böcken mit einem nassen Schirm gegen den Regen. Ein weißer Lieferwagen stand auf dem Trottoir, durch die geöffnete Schiebetür war in seinem dunklen Inneren der Reservevorrat Blumen zu erahnen. Auf den Auslagen reihten sich Topfpflanzen neben verschiedenen Sorten Schnittblumen. Marie blieb stehen, um einen Blumenstrauß für Maurizio zu kaufen. Sie wollte keine Chrysanthemen, lief unentschlossen an den Auslagen entlang, nahm ein Blumengebinde in die Hand, um daran zu riechen, legte es wieder zurück, entschied sich schließlich für einen Strauß Lilien, sechs weiße Lilien, die meisten noch geschlossen, nur eine einzige war schon aufgeblüht.

Wir betraten den Friedhof durch das Gitterportal, folgten still den anderen Leuten, die wie wir zur Beerdigung von Maurizio wollten oder einfach nur hier waren, um ihren Verstorbenen die Ehre zu erweisen. In Grüppchen von zwei oder drei Personen schritten sie mit ihren Blumensträußen in der Hand plaudernd nebeneinander, hielten manchmal einen Moment an, schweigend liefen Marie und ich durch eine mit Zypressen gesäumte Allee. Wir kamen zu einem weitläufigen, nach außen durch Mauerwerk abgegrenzten Bereich, der aussah wie der Innenhof eines Klosters, die Wände ringsum bestanden aus Grabkammern. Mehrere Leute auf Leitern oder Schemeln waren damit beschäftigt, Blumen in Fayencevasen zu arrangieren, die in die Marmorplatten der Grabkammern eingelassen waren. Einem Privatfahrzeug war es sogar gelungen, bis hierher in diesen Hof vorzudringen, es parkte auf einer Allee mitten im Kies, eine Familie machte sich hinten an der Heckklappe zu schaffen, die beiden Töchter halfen ihrem Vater, Säcke mit Blumenerde aus dem Kofferraum des Wagens zu heben. Den neunzigjährigen Onkel hatten sie in einen faltbaren Regiestuhl neben eine Säule gesetzt, der Alte trug eine Kappe mit der Aufschrift *odio la Juve* und saß reglos, den Blick auf eine der Grabwände gerichtet, und starrte auf die Reihen mit den Grabkammern. Als wir den Hof hinter uns gelassen hatten, bemerkten wir etwas weiter entfernt vor einer Grabstätte einen kleinen Menschenauflauf, Marie beeilte sich, zu der Gruppe zu kommen – aber es war nicht das Begräbnis von Maurizio.

Unmerklich bemächtigte sich Maries eine Unruhe, sie schaute sich orientierungslos um, fürchtete, sich in der Uhrzeit geirrt zu haben, bewegte sich in verschiedene Richtungen, kehrte wieder um. Unschlüssig bog sie in eine Nebenallee ein, der wir bis an ihr Ende folgten. Es war eine Sackgasse, die an einer Gruppe von Weidenbäumen im Schatten der Umfassungsmauer endete. Düstern erhob sich dort ein Mausoleum mit leeren Grabkammern, eine einfache gräuliche Wand aus Sichtbeton mit sechzig leeren Abteilen, die auf Urnen warteten. Marie zog ihr Telefon aus der Manteltasche, sagte zu mir, sie werde jetzt Francesco anrufen, den älteren Sohn von Maurizio, um zu erfahren, wo sie wären. Sie versuchte, ihn zu erreichen, bekam aber keinen Empfang, ich sah sie mit dem Telefon am Ohr zwischen den Gräbern hin und her gehen, von einer Allee in die andere wechseln, im selben winzigen Umkreis, bis sie begriff, dass es möglicherweise an der Umfassungsmauer des Friedhofs lag, wenn sie hier keine Verbindung bekam, als ob die Toten besser in der Lage wären, ihre Ruhe zu schützen, als die Lebenden und die Funksignale der Mobiltelefone absorbierten und sie sofort in der Erde verschlangen. Um Abhilfe zu schaffen, ging Marie auf der Suche nach einem Durchbruch, durch den sie ein Signal empfangen konnte, die Friedhofsmauer entlang. Schließlich fand sie einen Nebeneingang, ein kleines vergittertes Tor, das auf eine menschenleere Straße ging, und drückte sich gleich dicht an das Portal, wählte Francescos Nummer, erreichte aber nur seine Mailbox. Sie hinterließ eine Nachricht und beendete den Anruf. Sie zögerte einen Moment, schaute mich an. Giuseppe? Ich nickte, und sie wählte die Nummer von Giuseppe. Ich sah ihr besorgtes Gesicht, während sie auf eine Antwort wartete, ihr Blick war angespannt, die Augen starr in die Ferne gerichtet. Auch Giuseppe antwortete nicht, und Marie schien fast erleichtert. Sie hinterließ keine Nachricht, steckte das Telefon wieder ein, und wir gingen weiter, irrten wieder durch die Alleen, wussten nicht, wohin wir uns wenden sollten.

Wir hatten nicht die geringste Vorstellung, wo Maurizios Begräbnis stattfinden könnte, und Marie, die mir auf dem Friedhof vorangegangen war, eilte unentschlossen um sich blickend blindlings mit ihrem Strauß Blumen in der Hand durch die monotonen Alleen. Links und rechts von uns erstreckten sich auf der Rasenfläche Gräber, so weit das Auge reichte. Was auf Anhieb auffiel, war, dass alle Gräber anlässlich des bevorstehenden Totenfests mit Blumen geschmückt waren, keines war vergessen worden, nicht einmal die abgelegensten Gräber mit den schmucklosen

Erd- oder Grabhügeln und einem schlichten Kreuz darauf. Überall steckten Blumen, in Töpfen, in Vasen, in Blumenkästen, es gab Schalen mit Margeriten, Gänseblümchen, Pfaffenkäppchen und Veronica, und frische Schnittblumen, lebendig, strahlend und leuchtend, noch am selben Tag oder Vortag im Garten gepflückt, es waren Tausende buntfarbiger Blumen, deren Farbkleckse aus der grauen Eintönigkeit herausstachen – das Gelb der Gladiolen, das Orange der Kapuzinerkresse, die blauroten, fast malvenfarbigen Veilchen –, Blumengebinde und Sträuße, rosa Alpenveilchen in Töpfen und Schwertlilien, Dahlien und immer wieder und überall Chrysanthemen, alle Sorten von Chrysanthemen, die hier im feuchten Nebel blühten, der in den Alleen des Friedhofs hing. Manchmal auch, was trauriger aussah, künstliche Blumen, Blumen aus Keramik, die in ihren ausgewaschenen, blassen, verblichenen Farben, in dunklem Violett oder in Altrosa, vor sich hinsiechten, blutleere, fast farblose Blumen aus Porzellan, vergessene Blumen, Blumen der Trauer, die sich mit dem moosbesprenkelten Grau der Gräber vermählten, um dort in Wehmut zu verharren.

Marie deutete mit dem Arm nach vorn und sagte, dort müsse es sein, und trat in eine schmale Allee, die leicht abfallend war, wo sich die einfacheren, kargeren Gräber dicht aneinanderdrängten. Die Sicht war inzwischen gleich null, der Horizont hatte sich verdunkelt und war auf allen Seiten von den schwarzen Umrissen der Grabstätten verstellt. Beidseits erhoben sich die wuchtigen Massen der meist durch Gitterzäune geschützten Familiengräber, die das Aussehen von Kapellen hatten mit einem Kreuz oben darauf. Marie wurde jetzt langsamer, sie führte mich behutsam durch das Labyrinth der Grabmonumente, als kenne sie den Weg und als ob wir im nächsten Moment auf den Ort stoßen würden, an dem das Begräbnis von Maurizio stattfand. Alles an diesem engen und eingezwängten Wegstück des Friedhofs erinnerte mich an eine Stadt, Alleen, Kreuzungen, wir befanden uns in einer wahrhaftigen Nekropole, einem Dorf der Toten, öde, verlassen, still, mit kleinen Gassen, die immer dunkler wurden und in der Ferne im Zwielicht versanken. Die meisten Mausoleen waren von einem Zaun oder einem Gärtchen umgeben, schienen geisterhaft leer, doch manchmal erahnte man hinter einem Fenster ein beleuchtetes Zimmer, mit Blumen in Vasen auf dem Boden, manchmal einem Kredenzteller mit Früchten oder Kuchen. Ich weiß nicht, ob es altüberlieferten mediterranen Gebräuchen entspricht, zum Totenfest solche Opfergaben darzubringen und Familien dazu zu veranlassen, für die Verstorbenen Milch hinzustellen oder Kastanien, aber nicht selten sah man hier durch die Fenster der Gräber auf dem Boden jener Totenwohnzimmer, zwischen den Blumenopfern, umgeben von im Düsteren flackernden Grablichtern, eine Mineralwasserflasche und ein paar triste Kekse.

Ich betrachtete den aufgewühlten Himmel über uns. Große schwarze Regenwolken kamen näher und zogen über den Friedhof. Das Licht war dämmrig, an manchen Stellen fast blau. Nicht das erste Mal an diesem Tag in Portoferraio hatte ich den Eindruck, dass es mitten am Tag Nacht war, schon heute Morgen, bei unserer Ankunft, hatte ich dieses Gefühl, als die dichten Rauchwolken vom Brand den Kai verdüsterten und den Eindruck vermittelten, der Tag in Portoferraio sei an diesem Morgen noch nicht angebrochen. Da begann es zu regnen – und genau in dem Augenblick, in dem es zu regnen begann, in derselben Sekunde, wurden wir wieder an den Geruch erinnert, der für einen Moment in Vergessenheit geraten war und den der Regen nun wieder aufleben ließ, seinen Duft und seine Aromen erneut freisetzend, diesen Schokoladengeruch, der plötzlich überall um uns herum zwischen den Marmorgräbern zu riechen war. Unmöglich war es, diesem intensiven Schokoladengeruch zu entgehen, wir bewegten uns mit schnellen Schritten zwischen den Friedhofsdenkmälern, aber eigentlich bewegten wir uns in diesem Geruch, der überhaupt nichts Gefälliges oder Malerisches mehr hatte, er hatte nun radikal seine Beschaffenheit verändert, war jetzt widerlich geworden, vermischte sich mit dem abstrakten Totengeruch, der hier auf dem Friedhof herrschte, einem Geruch nach Zersetzung und Verwesung, einem organischen Leichengeruch, dieser liebliche Schokoladengeruch, süßlich und übelriechend, der uns schon den ganzen Nachmittag über verfolgt hatte, vor dem wir nicht fliehen konnten und der jetzt, mit dem Regen vermischt, mit dem Regen verschmolzen, auf uns herabfiel und auf unserer Haut und in unserem Haar kleben blieb, der unsere Kleidung durchnässte, uns in die Augen drang und tropfenweise von unseren Wangen herunterlief. Wir liefen weiter zwischen Reihen aus Gräbern hindurch, die sich um uns herum zusammenzuziehen drohten, und wischten uns mit den Fingern über unser Gesicht, um diesen Schokoladengeruch loszuwerden, der vom Himmel zu fließen schien wie klebriges Pinienharz und auf Maries Mantel troff, ihn langsam übergoss, ihn mit einer feinen Schicht aus Schokolade überzog.

Der Geruch schien jetzt fast körperlich vor unseren Augen zu stehen, wir sahen zu, wie er sich mit dem Regen materialisierte, der aus dem Himmel herausschwitzte, langsam, braunschmutzig und schmierig aus ihm heraussickerte in einem klebrigen kastanienfarbenen Niesel, der gleichzeitig von der verbrannten Schokoladenfabrik Monte Capanne und von den Oxiden der stillgelegten Eisenmine aus der Region Rio Marina zu stammen schien. Aber vor allem war es diese schokoladenverpestete Luft, die wir atmen mussten, die einzige und alleinige Luft, die wir auf diesem Friedhof atmen konnten, diese beißende, mit Schokoladendämpfen geschwängerte Luft, in die sich der Geruch von Eisenmineralien mischte, der Geruch von Eisenerz und Pyriten, noch gewürzt mit dem üblen Beigeschmack von Zinnober, Merkur und Schwefel. Alles um uns herum – die Luft, der Boden, selbst die Düsternis – schien sich verflüssigt und verschmolzen zu haben, um uns mit seiner Zähflüssigkeit in dem ununterbrochenen, hartnäckigen und schokoladigen Rieseln des feinen Regens zu überziehen. Von den Mausoleen troff der Regen, Schokoladendampf stieg von dem nassen Stein der Gräber auf, wohingegen aus dem Marmor der Grabstätten der organische Totensaft hervorzuquellen schien. Marie, die sich etwas weiter von mir entfernt hatte, spürte sich einer Ohnmacht nahe, hielt eine Hand vor den Mund, die Augen wirr, ihr Geruchssinn überreizt, sie konnte diesen Schokoladengeruch nicht mehr ertragen, der ihr Brechreiz verursachte. Sie hatte sich umgedreht, hatte kehrtgemacht, sie floh, hatte keine Absicht mehr, noch zum Begräbnis von Maurizio zu kommen, es überhaupt noch zu versuchen, es war ihr nicht einmal mehr wichtig, an der Beisetzung von Maurizio teilzunehmen, sie wollte nur noch raus hier, den Friedhof verlassen, wieder an die frische Luft kommen, diesen obsessiven Geruch loswerden, der ihr solche Übelkeit verursachte. Und so, derart verloren, fand sie den Ausgang nicht mehr, machte wieder kehrt, ihr war schlecht, ihr war übel. Sie schwankte, schaute um sich, suchte nach einer Mauer, an die sie sich hätte anlehnen können, einer Bank, einem Stuhl, irgendetwas, worauf sie sich hätte setzen können, aber sie fand nur Gräber, so weit das Auge reicht, sie stolperte noch einige Meter weiter und ließ sich auf eines der Marmorgräber fallen. Sie war sehr bleich, und während ich auf sie zulief, um ihr zu Hilfe zu kommen, wurde sie von neuem, wie schon an diesem Morgen, von einem kurzen wiederkehrenden Zittern ergriffen, das sie kraftlos zurückließ, erschöpft, unfähig zu reagieren, unfähig aufzustehen, überhaupt noch einen Schritt zu machen. Sie zitterte, langsamer jetzt, hatte den Kopf fallen gelassen. Ich beugte mich zu ihr und ganz leise, um sie zu beruhigen, fragte ich sie, was mit ihr sei. Aber was ist mit dir, Marie?, fragte ich sie mit leiser Stimme, was hast du denn? Was ich habe!, sagte sie und hob den Kopf zu mir hoch, aber siehst du denn nicht, was mit mir ist? Ich bin schwanger, sagte sie.

Als wir den Friedhof verlassen hatten und im Begriff waren, wieder einzusteigen, fragte ich Marie, ob ich nicht besser fahren sollte, aber sie sagte mir nein, sie fühle sich durchaus in der Lage zu fahren (sie sei schließlich schwanger und nicht krank, sagte sie), und nahm hinter dem

Steuer Platz, legte den zerfledderten, vom Regen durchweichten Strauß Lilien auf das Handschuhfach. Wir blieben eine Weile schweigend im Wagen sitzen. Ich war immer noch mit meinen Gedanken beschäftigt, denn so vieles, was mir in der letzten Zeit merkwürdig vorgekommen war, war mir mit einem Male klar geworden, während so viel anderes weiterhin im Dunkeln blieb. Und, mich zu ihr wendend, sagte ich ihr in einer plötzlichen Eingebung: »Das war es also, was du mir sagen wolltest, als du dich mit mir im Café auf der Place Saint-Sulpice getroffen hast?« Ich sagte es, ohne nachzudenken, als sei es eine Selbstverständlichkeit, etwas, das ich schon immer gewusst, aber nur noch nicht in Worte hatte fassen können, und sie machte eine lange und schmerzliche bejahende Bewegung mit dem Kopf.

Marie war losgefahren, und wir ließen den Friedhof hinter uns, fuhren am städtischen Stadion von Portoferraio vorbei. Ich dachte zunächst, wir würden zum Hotel zurückkehren, doch als wir den Kreisverkehr vor der Zementfabrik erreichten, sah ich zu meiner Überraschung, dass Marie in Richtung Rivercina fuhr. Sie erklärte mir, sie wolle Antonina noch umarmen, Maurizios Frau, und da sie nicht wusste, wo die Beerdigung stattfand, schlug sie vor, in Rivercina auf die Familie zu warten, am Haus von Maurizio, wo sich die Angehörigen nach der Trauerfeier sicher versammeln würden.

Ein paar Kilometer vor Rivercina, als wir an einer kleinen Kapelle vorbeikamen, fiel uns die ungewöhnlich große Anzahl von Wagen auf, die dort wenig vorschriftsmäßig am Straßenrand abgestellt waren, manche waren einfach schräg oder sogar senkrecht die Straßenböschung hoch geparkt, es mochten etwa dreißig Wagen gewesen sein, von denen jeder auch die kleinste Parklücke genutzt hatte. Hier also, in einem Familiengrab, das etwas höher, hinter Büschen verborgen war, musste das Begräbnis von Maurizio stattfinden. Marie war vom Gas gegangen und fuhr jetzt im Schritttempo, spähte ins Unterholz und versuchte, die von der Straße aus nicht einsehbare Grabstätte auszumachen. Die Trauerzeremonie war aber offenbar soeben zu Ende gegangen, denn von allen Seiten tauchten Leute in kleinen Grüppchen von zwei oder drei Personen auf, wie eine Art Spontanerzeugung aus den Büschen rutschten sie längs der Straßenböschung herunter, mit der langsamen Notwendigkeit von herabrinnendem Wasser. Die Mehrheit hatte bereits die Wagen erreicht, während die Ältesten und die weniger Beweglichen, darunter auch die engsten Angehörigen, einen befestigten Weg genommen hatten, Antonina, Maurizios Frau, in ihrer Mitte, an ihrer Seite ihr ältester Sohn, der ihren Arm hielt.

Sobald Marie Antonina erblickte, vergaß sie das Auto, griff nach dem Blumenstrauß auf dem Handschuhfach, riss die Tür auf und stürzte sich in ihre Richtung. Sie rannte über die Straße und warf sich ihr sofort weinend in die Arme und ließ ihren Gefühlen freien Lauf, die sich seit der Mitteilung vom Tode Maurizios über Stunden, über Tage in ihr aufgestaut hatten, all ihre zurückgehaltenen, verdrängten, unterdrückten Gefühle, die sie bis zu diesem Moment mehr oder weniger hatte beherrschen können. Bei Marie hatte es schon immer diese unvergleichliche Gefühlsqualität gegeben, die nicht so sehr mit den wirklichen Umständen zu tun hatte, die eine solche affektive Reaktion provoziert hätten, sondern eher mit ihrer *ozeanischen Disposition,* die ich bei ihr festgestellt hatte, die ihre Sensibilität schärfte und steigerte und ihre Gefühle in außergewöhnlicher Intensität vibrieren ließ. Die alte Dame schien genauso gerührt zu sein wie sie, ich bemerkte das an ihrem Blick, zuerst das kurze Aufblitzen der Überraschung, das Entzücken und dann der Schmerz, das alles spielte sich in ihren Augen ab, als sie Marie auf sich zukommen sah. Denn Marie repräsentierte mit ihrer Umarmung zugleich auch ihren Vater, sie war sein symbolischer Vertreter, in ihrer Person zelebrierte Marie die feierliche Umarmung, die auch ihr Vater bei der Nachricht des Todes von Maurizio der alten Dame hätte zukommen lassen. Aber da war noch mehr, denn Antonina, bekleidet mit einer weißen Bluse mit Spitzenbesatz, einer taillierten schwarzen Weste, diese kleine, zierliche, von ihrem Sohn gestützte Dame war die einzige Person, die Marie noch von Kindesbeinen an kannte. Aus der Entfernung beobachtete ich Marie, und ich hatte den Eindruck, dass das nicht Marie war, die so völlig aufgelöst in den Armen Antoninas weinte, sondern das kleine Mädchen, das sie vor dreißig Jahren einmal gewesen sein musste. Sie überreichte, Antonina immer noch umarmend und auf sie einredend, ihr den Blumenstrauß, drehte sich um, um die anderen Personen zu begrüßen, zeigte mit dem Finger auf den ärmlichen, schlaffen Blumenstrauß, den sie Antonina gerade offeriert hatte, und brach in Lachen aus, denn bei Marie war das Lachen nie weit entfernt von den Tränen, und sie löste sich aus der Umarmung, um nun Francesco, den älteren Sohn von Maurizio, mit tiefem Ernst in die Arme zu nehmen, er im dunklen Anzug und weißem Hemd, den auch ich, als ich zu ihnen herübergegangen war, umarmte.

Jetzt bemerkte Marie Giuseppe, den anderen Sohn von Maurizio, der in einigem Abstand von unserer Gruppe geblieben war und aus der Distanz zu uns herüberschaute, mit seinem verdrossenen und gelangweilten Gesichtsausdruck. Er wollte gerade aufbrechen, aber Marie ließ ihm keine Zeit, eilte geradewegs auf ihn zu, verlangte von ihm eine Erklärung. Giuseppe wich zuerst vor ihrem Ansturm zurück, schien dem Ganzen aus dem Weg gehen zu wollen, hob seinen Arm als Zeichen seines Unmuts, seiner Machtlosigkeit und seiner Abwehr. Er versuchte, Marie auf Abstand zu halten, stieß sie mit zorniger Geste von sich. Er wollte zu seinem Wagen zurück, aber es gelang ihm nicht, sie abzuschütteln. Marie verfolgte ihn bis zur Straße, stellte ihn dort zur Rede, ihr Flüstern wurde immer lauter, sie fing plötzlich dort am Straßenrand an zu schreien, bis schließlich mehrere Leute sich zu ihnen umdrehten, um zu sehen, was dort passierte. Marie verfolgte ihn wie eine giftige Kröte, ließ ihm keinen Zentimeter Raum, und als er an seinem dicken Pick-up angekommen war, den er waghalsig senkrecht den Hang hoch abgestellt hatte, und ihr entkommen wollte, brüllte sie ihn an: »*Che vergogna!*« Inzwischen hatten sich alle nach den beiden umgedreht. Wütend stieg Giuseppe in seinen Pick-up und fuhr sofort los, raste, ohne nach hinten zu schauen, im Rückwärtsgang den Hang hinunter, hätte um ein Haar Marie umgefahren – die stehen geblieben war, sich nicht von der Stelle gerührt hatte –, wich ihrem dort reglos mitten auf der Straße stehenden Körper erst in allerletzter Sekunde mit einem schnellen Einschlagen des Lenkrads aus und raste mit quietschenden Reifen, wie es Idioten wie er zu machen pflegen, in vollem Tempo davon. Marie blieb aufrecht mitten auf der Straße stehen, mit unbewegtem Gesicht und leicht zitternden Lippen, sah zu, wie er davonfuhr, und erst jetzt, mit zeitlicher Verzögerung, die Gefahr abwehrend, der sie gerade entronnen war, machte sie diese unerwartete Geste, sie streckte eine Hand langsam vor sich aus, und dann die andere, um sie schützend über ihren Bauch zu legen.

Wir waren wieder in den Wagen gestiegen, Marie blieb einen Moment reglos vor dem Lenkrad sitzen, immer noch etwas unter Schock wegen des Vorfalls. Unser Wagen war in zweiter Reihe mitten auf der Straße geparkt, die anderen Autos, die wegfahren wollten, mussten umständlich an uns vorbeimanövrieren, die Fahrer starrten uns einen Augenblick durch die Fensterscheibe an, unterließen es aber zu hupen, eine Beerdigung verpflichtet. Marie war in ihre Gedanken versunken, und es war ihr völlig gleichgültig, dass sie den Verkehr behinderte, nur langsam kam sie wieder zu sich. Schließlich startete sie den Wagen, machte etwas weiter kehrt, und wir fuhren wieder nach Portoferraio zurück. Ich schaute auf die Straße und dachte gerade darüber nach, dass wir wegen der Beerdigung von Maurizio nach Elba gekommen waren, dass wir allein aus diesem Grund von Paris hierher gekommen waren, um an seinem Begräbnis teilzunehmen, und dass das soeben schon sein Begräbnis gewesen war, genau das, diese zwei oder drei flüchtigen Minuten an einer Landstraße, wo wir in aller Eile aus dem Wagen gesprungen waren, ohne auch nur den Motor ausgemacht zu haben, ein paar Gefühlsergüsse und eine kurze Auseinandersetzung mit Giuseppe am Straßenrand. Und schon war alles vorbei, und wir waren wieder auf dem Weg zurück in unser Hotel. Ich starrte auf die Fahrbahn vor mir, mir war leicht übel auf diesen kurvigen Straßen von Elba, ich dachte an diese verunglückte Aktion, die mich an ein anderes ähnliches Missgeschick erinnerte, eines Tages, als ich meinen Onkel auf dem Friedhof besuchen wollte. Ich bin zu seinem Grab gegangen, hatte mich aber in den Alleen vertan und es nicht gefunden, hatte den Friedhof wieder verlassen, ohne es gesehen zu haben. Später dann, als mir dasselbe wieder einmal passiert war und ich über diese merkwürdige Tatsache nachdachte, jemanden nicht zu finden, den man auf dem Friedhof besuchen will, wurde mir klar, dass so ein Missgeschick im Grunde die wahre Natur eines jeden Friedhofbesuchs enthüllte, dass es, wenn man jemanden auf einem Friedhof besuchen will, nur natürlich ist, ihn nicht zu finden, es ist nur normal, ihn nicht zu finden, weil man ihn nicht finden kann, niemals, denn man ist ja mit seiner Abwesenheit konfrontiert, mit seiner endgültigen Abwesenheit. Und ich dachte, dass, wenn Marie an diesem Tag das Grab von Maurizio nicht gefunden hatte, sich sogar im Friedhof geirrt hatte, obwohl wir doch ausschließlich wegen des Begräbnisses nach Elba gekommen waren, sie den richtigen Friedhof auch nicht wirklich hatte finden wollen, und wenn sie ihn nicht hat finden wollen, so deshalb, weil sie mit mir bei unserem Aufenthalt auf Elba nicht über den Tod sprechen wollte, sondern über das Leben.

Marie war noch einige Kilometer gefahren, ohne ein Wort zu sagen, immer noch in Gedanken vertieft, bevor sie an einer kleinen Einbuchtung anhielt, von der aus man das

Meer überblicken konnte. Sie schaltete den Motor aus. Sie blickte nachdenklich vor sich hin, mit ernstem, verschlossenem Gesicht. Dann nahm sie sachte meinen Arm und sagte, dass es ihr leidtäte, mir vorhin die Nachricht von ihrer Schwangerschaft auf solch brutale Weise mitgeteilt zu haben. So habe sie es sich nicht vorgestellt. Sie habe vielmehr vorgehabt, es mir nach Maurizios Begräbnis zu sagen, dann, wenn alles vorbei gewesen wäre, um nicht alles durcheinanderzubringen. Also gewissermaßen jetzt. Sie überlegte. Ja, jetzt (also gut, ich bin schwanger, sagte sie zu mir).

Wieder zurück im Hotel machten wir die unangenehme Entdeckung, dass die Heizkörper unseres Zimmers immer noch nicht funktionierten, sie waren genauso kalt wie bei unserer Ankunft, die weißen gusseisernen Rippen fühlten sich eisig an. Ich stieg wieder zur Rezeption hinunter, die Dame schien wegen der Unannehmlichkeiten ebenso überrascht wie untröstlich und versicherte mir, dass sie sich sofort darum kümmern werde, dass sie alles tun wolle, um in kürzester Frist die Missstände zu beheben. Ich ging wieder zu Marie aufs Zimmer. Sie hatte ihren Mantel noch nicht abgelegt, schaute nachdenklich in den Kleiderschrank, dessen zwei Flügeltüren sie geöffnet hatte und in dem ein paar Kleiderbügel im Leeren hingen. Es war kurz nach 16.00 Uhr, und selbst wenn wir vorgehabt hätten, sehr früh zum Abendessen zu gehen, konnten wir uns vernünftigerweise in keinem der Restaurants am alten Hafen vor 19.00, 19.30 Uhr zeigen. Fast drei Stunden trennten uns also noch vom Abendessen, drei beschäftigungslose Stunden streckten sich vor uns aus wie eine maßlose schwindelerregende Leere.

Ich hatte mich in meinem Mantel aufs Bett gelegt, die Hände in den Taschen (man ändert sich nie), und betrachtete die Decke, ich fühlte mich ähnlich untätig wie damals in Tokio in der Zeit gleich nach unserer Trennung. Ich betrachtete die Decke, nicht direkt, sondern in einem leicht schrägen Winkel, und durch diese besondere Art, an die Decke zu schauen, durch diesen fast unmerklichen geneigten Blickwinkel (Ideenassoziationen hängen manchmal von so wenig ab), wurde ich zwar nicht an die Decke meines Hotelzimmers in Tokio, in dem ich damals abgestiegen war, aber doch an den Geisteszustand erinnert, in dem ich mich dort über nicht enden wollende Stunden befand, ohne etwas zu unternehmen, sondern einfach nur in diesem Hotelzimmer in Tokio auf dem Bett liegen blieb und über die bittere Wahrheit nachdachte, die sich mir mit jedem neuen Tag deutlicher bestätigte, dass die Tage immer schrecklich lang sind und das Leben dramatisch kurz ist.

Marie hatte das Fenster geöffnet und einen Fensterladen aufgestoßen, sie beobachtete die ocker- und rosafarbenen Hausfassaden des Platzes. Obwohl es draußen noch nicht dunkel war, brannten bereits die Straßenlaternen. Vor uns sahen wir orangefarben schimmernde, an den Häusern befestigte Lampen, deren Lichtschein sich schon im schwindenden Tageslicht bemerkbar machte. Marie hatte sich eine Zigarette angezündet und rauchte schweigend am Fenster. Ich sah ihre Silhouette im Mantel, sie kehrte mir den Rücken zu, ihr Handgelenk war leicht angewinkelt, die Zigarette hielt sie zwischen den Fingern ihrer schlanken Hand. Es war dasselbe Bild, genau dasselbe – die Haltung, das starre Gesicht, die unbewegte Zigarette, von der langsam Rauch hochkräuselte – wie das von Marie zwei Tage zuvor in dem Café an der Place Saint-Sulpice, als ich sie draußen im Dunkeln vor dem Fenster beobachtet hatte. Und selbst wenn ich in diesem Moment noch nicht hatte ahnen können, dass Marie schwanger war, ich hatte es doch in Wahrheit damals schon gewusst, es war dort, an der Place Saint-Sulpice, dass ich zum ersten Mal wusste, dass Marie schwanger war. Ich habe es auf unterschwellige Weise durch dieses Bild erfahren, als wäre das Nichtsichtbare in meinen Blick und die Unendlichkeit in die Zeit geraten. Und da wurde mir bewusst, dass ich alles, was ich in meinem Leben an Wichtigem erlebt, immer in meiner Vorstellung in Bilder verwandelt habe und ich ursprünglich nebensächliche Szenen, die zunächst prosaisch, neutral oder zufällig hätten erscheinen können, solange sie im wirklichen Leben verortet blieben, in dem sie stattfanden, in meinem Geist wieder aufgriff, sie zersetzte, überarbeitete und so lange wiederkäute, bis nach und nach ein neuer Stoff entstand, den ich in meinen Händen modellierte, um ihn ans Tageslicht zu bringen, um ein völlig neues Bild zu erzeugen, an dem sowohl die Erinnerung wie auch das Gefühl mitwirkten, das Gedächtnis wie auch die Empfindsamkeit. Und diese neue Sichtweise grub sich verändert und bereichert für immer in mein Gedächtnis ein und bildete wiederum die Matrix künftiger Erinnerungen. Auf dem Bett dieses Hotelzimmers in Portoferraio liegend, wusste ich plötzlich mit aller Gewissheit, dass ich, sollte ich später an den Moment zurückdenken, an dem mir Marie eröffnet hatte, dass sie schwanger war – und ich würde mich sicher mein ganzes Leben an diesen Moment erinnern, weil man solche Augenblicke nicht vergisst –, sich in meiner Vorstellung diese zwei Szenen überlagern würden, mit gleichem Gewicht und derselben Berechtigung, die eine wie die andere, jene virtuelle Szene in Paris, in diesem Café an der Place Saint-Sulpice, wo ich bereits gewusst hatte, dass sie schwanger war, ohne für ihren Zustand aber das richtige Wort gefunden zu haben (das Negativ der Szene gewissermaßen, schon eingeprägt in meinem Geist, nur noch nicht entwickelt), und dann die reale Szene auf Elba, vor wenigen Stunden, wo Marie mir tatsächlich verkündet hatte, dass sie schwanger sei.

Und ich dachte weiter darüber nach, dass diese beiden Szenen in Wirklichkeit wie *Verkündigungen* waren, die erste, die von der Place Saint-Sulpice, war eine sehr zeitgenössische *Verkündigung*, ein aus dem 21. Jahrhundert stammendes Bild, eine digitale Fotografie mit der Nacht und der starken Präsenz des Regens, mit Spuren einzelner Tropfen auf Fensterscheiben, eine Fotografie von Nan Goldin, das Gesicht von Marie mit den nassen Wangenknochen und dem wirren Haar nur flüchtig erfasst vom Licht der Scheinwerfer der Buslinie 87, eine Szene, die an das berühmte Gemälde von Edward Hopper erinnerte, eine Nachtszene in einem Café, hieratische Personen, jede für sich eingeschlossen in ihre Einsamkeit, ein Barmann im Profil hinter seiner Theke, das rote Kleid von Marie (vielleicht würde es ja schon genügen, dieses Bild von Hopper statt *Nighthawks* besser *Verkündigung* zu nennen, um die Sichtweise darauf total zu verändern?). Die Szene in Portoferraio, die ich heute mit Marie erlebt hatte, die für sich genommen eigentlich die einzig richtige war, schien dagegen weniger dem 21. Jahrhundert zurechenbar, obwohl sie aus ihm hervorgegangen war, als sich vielmehr in eine ältere malerische Tradition einzureihen, jene der *Verkündigungen* der italienischen Renaissance. Da war zunächst der Rahmen, der Schauplatz kam dem Dekor eines florentinischen Gemäldes sehr nahe, die toskanische Friedhofslandschaft – ein paar Zypressen, der Himmel, der geäderte Marmor, auf den Marie sich gesetzt hatte –, dann die Anordnung der Personen, Marie rechts auf dem Gemälde, ich stehend über sie gebeugt (aber ich war nur nebensächlich für die Komposition, Marie spielte alle Rollen: Sie war gleichzeitig der Erzengel Gabriel und, passend so geheißen, die Maria voll der Gnaden). Vor allem aber verblüfften die ikonographischen Details durch ihre erstaunliche Parallelität, Maries Kleidung, der Übergangsmantel aus heller Wolle, von diesem unbefleckten Weiß der Darstellungen der Keuschheit, nicht zu vergessen die Blumen, jener Strauß weißer Lilien, den sie in der Hand trug und den man explizit zitiert auf vielen Gemälden der Renaissance wiederfindet. Dennoch und trotz vielfältiger Ähnlichkeiten schien mir, dass eine Sache nicht funktionierte in diesem Vergleich, und was nicht funktionierte, lag meiner Ansicht nach sicher am Gesichtsausdruck Maries in dem Moment, in dem sie die Nachricht erhält. In allen Darstellungen der *Verkündigungen* der Renaissance zeigt Maria ein besonders sanftes Gesicht, majestätisch und andächtig, das Bescheidenheit, Duldung, ja sogar ihre Unterwerfung bezeugt. Die Art nun aber, mit der mir Marie an diesem Nachmittag angekündigt hatte, dass sie schwanger sei, die Art, wie sie mir das auf dem Friedhof von Portoferraio mit Glut in den Augen ins Gesicht geschleudert hatte, hatte dagegen etwas Gewalttätiges, Einschüchterndes. Das war kein Bekenntnis, das war ein Vorwurf. Und wie ich weiter überlegte, kam ich schließlich auf die *Verkündigung* von Botticelli, die in den Uffizien hängt, wo die dort dargestellte Jungfrau eine erstaunliche psychologische Ähnlichkeit mit Maries Geisteszustand an diesem Nachmittag auf dem

Friedhof von Portoferraio offenbart, diese Jungfrau von Botticelli, die, soweit ich weiß, das einzige Beispiel ist unter allen italienischen *Verkündigungen*, bei der die Jungfrau Zurückhaltung, eine grundsätzliche Zurückhaltung einnimmt, als wolle sie mit einer Geste zugleich Akzeptanz und Verweigerung zu erkennen geben, die gebogene Gestalt und die abwehrende Hand – als ob Botticelli nicht eine *Verkündigung*, sondern ein *Noli me tangere* gemalt hätte.

Marie am Fenster, sie hatte die Zigarette zur Hälfte geraucht. Den Blick in der Weite des Platzes verloren, nahm sie noch einen Zug. Erst jetzt, mit einiger Verzögerung, fiel mir zu meinem Erstaunen auf, dass sie trotz ihrer Schwangerschaft rauchte. Du rauchst?, fragte ich sie. Sie drehte sich zu mir um und erklärte mir ganz sanft, sie würde so gut wie nicht mehr rauchen, nein, vielleicht noch die eine oder andere Zigarette am Tag – das hier ist die erste heute, sagte sie mir und betrachtete aufmerksam ihre Zigarette–, und sie fügte hinzu, sie gedenke, damit ganz aufzuhören, sie wolle ganz sicher nächste Woche damit aufhören, spätestens nach unserer Rückkehr nach Paris. Sie rauchte übrigens die Zigarette nicht mehr zu Ende, drückte sie langsam und nachdenklich auf dem Fenstersims aus. Als sie von unserer Rückkehr nach Paris gesprochen hatte, fiel mir als Erstes das »unser« in »unserer Rückkehr« auf, und ich hatte plötzlich das Gefühl, dass unsere Beziehung dabei war, eine neue Wendung zu nehmen. Denn so, wie im Liebesleben eines Paares manchmal ein Riss entsteht, der mit der Zeit sich nur vergrößern und verschlimmern kann, bis hin zu einer definitiven Trennung, spürte ich, dass in unserem Falle dieser Riss eher dabei war, im Prinzip unserer Trennung selbst zu entstehen, der mit dem, was wir gerade erlebt hatten, und der Tatsache, dass Marie schwanger war, nur immer größer werden konnte, derart, dass, wenn er noch größer werden würde, es die Idee selbst unserer Trennung sein würde, die bedroht war (und wir früher oder später am Ende wieder zusammenleben würden).

Ich fragte mich, warum Marie mir nicht früher von ihrer Schwangerschaft erzählt hatte. Als ich sie das fragte, erklärte sie mir nur, sie habe erst abwarten wollen, um sicher zu sein. Wir unterhielten uns so im Zimmer noch eine Zeitlang, sie immer noch im Mantel am Fenster stehend, ich auf dem Bett liegend. Sie habe übrigens, sagte sie mir, den ganzen September über nicht im Geringsten mit dieser Möglichkeit gerechnet und Mitte Oktober, als ihre Regel ausgeblieben war, war sie zwar beunruhigt gewesen, habe aber immer noch nicht im Ernst daran geglaubt, weil sie ja den ganzen Sommer über mit niemandem geschlafen habe – mit Ausnahme von mir, gut, ein einziges kleines Mal am Ende des Sommers (aber unter so speziellen Umständen, dass es für sie nicht gezählt habe, erklärte sie mir mit einem Lächeln). Übrigens war auch ich selbst völlig überrascht, als Marie mir eröffnete, schwanger zu sein, dass ich einen Moment daran gezweifelt hatte, der Vater sein zu können, weil wir tatsächlich seit mehreren Monaten nicht mehr miteinander geschlafen hatten, mit der Ausnahme dieser einzigen Umarmung in der Nacht des großen Brandes am Ende des Sommers, als wir in aller Herrgottsfrühe, völlig übermüdet und übel zugerichtet, im dämmrigen Licht des Schlafzimmers flüchtig zusammen waren, mehr in einer harmlosen, trostspendenden Umarmung, als dass wir so richtig, wie es sich gehört, miteinander Sex gehabt hätten (aber ganz offensichtlich zählt so etwas auch, wir waren hier wohl schlecht beraten). Dann, vor etwa zwei Wochen, hatte Marie sich wirklich Sorgen gemacht und war zu einem Frauenarzt gegangen. Den Schwangerschaftstest hatte sie erst zu Beginn dieser Woche gemacht und dann an jenem Montagnachmittag erfahren, dass sie schwanger war, und, durch einen Anruf Francescos etwas später am Abend, dass Maurizio gestorben war. Aber als Marie mich angerufen hatte, um sich mit mir in dem Café an der Place Saint-Sulpice zu verabreden, war dies sehr wohl in der Absicht geschehen, mir die Schwangerschaft mitzuteilen. Ein letztes Detail blieb für mich allerdings noch rätselhaft, warum hatte sie mich seit dem Ende des Sommers so hängengelassen, warum – ob schwanger oder nicht – hatte ich von ihr nach unserer Rückkehr aus Elba zwei Monate lang kein einziges Lebenszeichen erhalten? Als ich ihr die Frage stellte, wich sie aus, und ich glaubte einen Moment, dass sie nicht darauf antworten würde, mir vielleicht etwas verheimlichen wollte. Doch dann drehte sie sich zu mir um und blickte mich nachdenklich an. Und warum hast du nicht angerufen?

Eine gute Viertelstunde war vergangen, seitdem wir ins Hotel zurückgekehrt waren, als es an der Tür unseres Zimmers klopfte, und ohne eine Antwort abzuwarten, kam die Dame vom Hotel herein, begleitet von ihrem Ehemann und einem Kerl im Blaumann mit einem Werkzeugkoffer in der Hand, offensichtlich ein Heizungsmonteur, wenn es denn so war. Sie traten alle drei ins Zimmer und gingen ohne zu zögern direkt zu den Heizkörpern. Ich stand sofort auf (als ob es sich nicht gehörte, in einem Hotelzimmer auf seinem Bett zu liegen), und Marie, die Hände in ihren Manteltaschen, hatte sich instinktiv von ihrem Platz am Fenster entfernt. Im Zimmer kam es nun zu einer Art stummer Choreographie, in der der eine sich kleinmachte, um dem anderen Platz zu lassen, und der andere sich im Gegenteil ausbreitete, um sich Platz zu schaffen. Der Monteur ging präzise und methodisch vor, mit sparsamen Handgriffen stellte er zunächst seinen Koffer auf den Tisch, ging dann als Erstes zum Fenster, um es zu schließen, schaute uns dabei vorwurfsvoll an (also wirklich, es wäre schon ein Anfang gewesen, wenn wir das Fenster geschlossen hätten, bevor man sich an der Rezeption beklagt). Nachdem er ein paar Hammerschläge auf die gusseisernen Rippen der einzelnen Heizkörper gegeben und festgestellt hatte, dass es hohl klang (mit einem selbstzufriedenen Unterton von der Sorte: Hab ich's doch gewusst!), sagte er zu der Dame, man müsse die ganze Heizung entlüften, und da Marie und ich sie ganz offensichtlich störten und wir nicht wussten, wohin mit uns, während hier gearbeitet wurde, da wir mehr oder weniger immer im Weg standen, verließen wir schließlich das Hotel.

Auf der Straße war es jetzt völlig dunkel, die Lampen auf dem Platz warfen hier und da orangefarbene Lichtschimmer auf den nassen Asphalt. Wir drehten uns kurz um und blickten auf die Fassade des Hotels hinter uns, an der gerade das Hotelschild hell aufleuchtete. Marie wandte sich in Richtung des Parkplatzes, lief geradewegs zum Wagen ihres Vaters. Sie zögerte keine Sekunde. Statt eine Stunde hier am alten Hafen zu verlieren, bis der Heizungsmonteur seine Arbeit erledigt hatte, hatte sie beschlossen, den Wagen ihres Vaters nach Rivercina zurückzubringen, sie wollte Zeit gewinnen, um morgen früh gleich die erste Fähre nehmen zu können, die uns von Elba wegbringen würde (von Rivercina zurück würden wir uns dann ein Taxi nehmen). Sie fuhr los und wir verließen die Stadt. Nachdem wir den Kreisverkehr beim Zementwerk hinter uns gelassen hatten, war die Straße nicht mehr beleuchtet. Nach ein paar Kilometern durch die offene Landschaft fuhren wir in hohem Tempo an den Lagerhallen der Schokoladenfabrik Monte Capanne vorbei, die völlig im Dunkeln lagen. Es gab keine einzige Straßensperre mehr vor der Fabrik, nichts hielt den Verkehr auf, ich erkannte im Vorbeifahren nur vage Umrisse der finsteren Gebäude in der Nacht, aus denen ein kaum mehr wahrnehmbarer Brandgeruch stieg.

Als wir uns der Abzweigung näherten, die nach Rivercina führt, bemerkte Marie plötzlich in Maurizios Haus Licht und wurde sofort langsamer, sie fuhr einige Meter im Schritttempo, hielt dann an und lenkte den Wagen an den Straßenrand, sie schaltete die Scheinwerfer aus, zuerst das Fernlicht, dann auch das Standlicht. Die Fensterläden an Maurizios Haus waren alle noch immer geschlossen, aber durch die Lamellen drang etwas Licht, und auf der betonierten Terrasse vor dem Haus standen zwei Autos, der dicke Pick-up von Giuseppe und ein Fahrzeug der Polizei. Ohne zu sprechen saßen wir im Wagen und starrten gespannt durch die Windschutzscheibe auf das Haus. Draußen war es still. Gerade hatte Marie am Straßenrand angehalten, und ich weiß nicht, was sie dazu bewegt hatte, aber nach einem Augenblick öffnete sich die Tür und vier oder fünf Personen traten aus dem Haus, Carabinieri in Uniform, und unter ihnen, etwas zurück, Giuseppe, schweigend und mit gesenktem Kopf, umgeben von den Gendarmen. Wir wussten, dass Giuseppe unklare, aber eben Beziehungen zur Polizei unterhielt, vielleicht als Gewährsmann oder war er ein heimlicher Informant, was weiß ich, wir hatten ihn ja an diesem Morgen mit einem Polizisten in Zivil beobachtet, aber hier schien kein heimliches Einverständnis mit den Gendarmen mehr vorzuliegen, alle schwiegen und hatten düstere Mienen, wir waren hier wohl eher Zeugen einer Verhaftung. Ein Zweifel bestand immerhin, etwas war unklar, denn Giuseppe trug keine Handschellen, und die Carabinieri fassten ihn nicht ein einziges Mal an, hielten nicht seinen Arm fest, mussten ihn auch nicht gewaltsam ins Auto zwingen, aber andererseits ließ man ihn hinten in den Wagen einsteigen, je ein Polizist an seiner Seite, während die beiden anderen vorne Platz nahmen. Das Polizeifahrzeug stieß auf dem engen Hof vor dem Haus zurück und fuhr dann durch das Gittertor mit aufgeblendetem Licht direkt auf uns zu, so dass wir uns plötzlich im Fokus der Scheinwerfer befanden und Giuseppe uns vom Rücksitz aus für einen kurzen Moment gesehen haben musste. Der Polizeiwagen war an uns vorbeigefahren und entfernte sich, und erst jetzt bemerkte ich Antonina, die im schwachen Lichtschein einer am Haus angebrachten Lampe erschienen war, klein und steifbeinig, mit erstarrtem, verschlossenem Gesicht, mit einem Ausdruck von Würde und zurückgehaltenem Schmerz. Einen Moment blieb sie in der Haustür stehen und warf einen prüfenden Blick zum Horizont, ging dann wieder hinein und schloss die Tür hinter sich.

Marie fuhr wieder los, schaltete aber die Scheinwerfer nicht ein und bog ohne Licht auf den Weg, der nach Rivercina führte. Sie fuhr langsam und stellte den Wagen unter der Remise ab. Wir stiegen aus, die Nacht war vollkommen still, nur von Ferne war schwach der Ruf eines Uhus zu hören. Wir gingen zum Haus, um dort die Wagenschlüssel zu deponieren und ein Taxi zu rufen. Beim Näherkommen bemerkten wir vor dem Haus einen reglosen massigen Schatten und hatten Mühe herauszufinden, was es war, bevor wir begriffen, dass es der schwere schmiedeeiserne Gartentisch war, den wir gegen die Hauswand gelehnt hatten. Wir gingen zur Eingangstür, Marie steckte den Schlüssel ins Schloss, drückte die Tür auf und blieb abrupt stehen, denn oben im ersten Stock brannte Licht. Ich war direkt hinter ihr, sie bewegte sich nicht mehr, war im Schwung erstarrt, die Hand auf dem Türknauf, stand sie reglos da. Ist da jemand?, rief ich an ihr vorbeigehend und schaute nach oben. Ich sagte Marie, dass ich hochgehen würde, um nachzusehen. Ich ging zur Treppe und begann hinaufzusteigen. Ist da jemand?, rief ich nochmals, als ich auf der Mitte der Treppe war, schrie es fast, und da wurde mir bewusst, dass wenn sich da jemand befände, es sicherlich einer wäre, der sich verstecken und sich nicht freiwillig zeigen würde, einer, der auf meine Rufe nicht antworten würde – umso weniger, wenn sie nicht auf Italienisch waren. Also jemand, der sich nicht von der Stelle rühren würde, den ich also selbst finden müsste und dem ich mich in Maries Schlafzimmer physisch entgegenstellen müsste, und ich wäre weit weniger ängstlich gewesen, wenn sich dieser Jemand jetzt hier über mir auf dem Treppenabsatz gezeigt hätte, als mit diesem trügerisch stillen, reglosen Halbdämmer konfrontiert zu sein, das ich nicht einsehen konnte. Oben angekommen, durchquerte ich vorsichtig den Flur, blieb einen Moment an der Tür stehen und trat dann in Maries Schlafzimmer. Ich trat nicht einmal wirklich ein, ein kurzer Blick genügte, um die Situation einzuschätzen, die verschiedenen Dinge zu orten, das ungemachte Bett, die Kommode, die zusammengeknüllte Hose vor dem Stuhl. Alles war genauso wie an diesem Morgen, das Zimmer war leer, da war niemand. Ich schaltete das Licht aus und machte kehrt, stieg die Treppe wieder hinunter, tastete mich im Dunkeln voran und beschwichtigte Marie, erklärte ihr, dass wir völlig allein im Hause wären, wir hätten nur heute Morgen vergessen, beim Hinausgehen das Licht auszuschalten.

Marie hatte unten an der Treppe auf mich gewartet, sie hatte das Licht im Erdgeschoss nicht eingeschaltet, auch nicht die Haustür hinter sich geschlossen. Sie hatte sich nicht von der Stelle bewegt. Da nahm sie mich bei der Hand und zog mich hinter sich her in das stille, dunkle

Haus hinein, durch das Wohnzimmer, in dem wir die Schatten der Möbelumrisse erahnen konnten, und führte mich in das Schlafzimmer des Erdgeschosses, in dem ich letzten Sommer geschlafen hatte. Sie ließ mich vor ihr eintreten, folgte mir, ohne das Licht einzuschalten, warf sich dann an mich, um mich zu küssen, und jetzt begriff ich, warum sie Wert darauf gelegt hatte, mich in dieses Zimmer zu führen, es war hier, in diesem Zimmer, in dem wir am Ende des Sommers uns geliebt hatten, und in meiner Vorstellung begannen diese beiden Momente, sich zu überlagern, ich befand mich gleichzeitig in der Gegenwart und in der Vergangenheit, in den letzten Tagen des Augusts, als Marie am frühen Morgen zu mir ins Zimmer gekommen war, und im Jetzt, in den Armen Maries schwankend, in der kompletten Finsternis dieses hermetisch abgeschlossenen Raums, dessen Fensterläden zugenagelt waren. Der Ort war derselbe, die Personen waren dieselben, unsere Gefühle waren dieselben, nur die Jahreszeit hatte gewechselt, der Herbst hatte den Sommer ersetzt, in der Gegenwart trugen wir Mäntel, im Sommer, als sie zu mir ins Bett geschlüpft war, war sie nackt unter ihrem T-Shirt. Und dann, immer noch in unserer Umarmung vereint, taumelten wir, aneinandergepresst, über Möbel stolpernd und gegen den Gartengrill stoßend bis zum Bett und ließen uns darauf fallen. Wir küssten uns im Dunkeln, stürmisch, traurig, vertrauens- und liebevoll, ich spürte, wie zerbrechlich Marie in meinen Armen war, wir umarmten uns beide leidenschaftlich, so wie vor zwei Monaten, im selben Bett, als unsere Körper sich miteinander vereinten und unsere Leben miteinander verbanden, als sich unsere Seelen anglichen, um unsere Anspannung aufzulösen und unsere Ängste zu beschwichtigen, die uns schon so lange bedrückten, sie verschwinden zu lassen, und ich strich ihr mit den Händen übers Gesicht, und Marie hielt meinen Kopf in beiden Händen und küsste mich mit einer Intensität, wie ich sie von ihr nicht kannte, ich spürte ihre Zunge in meinem Mund, ihre sanfte, leidenschaftliche, glühende, hilflose Zunge, zuerst kühl, und dann leicht salzig, denn Marie weinte in meinen Armen, in der Dunkelheit konnte ich zwar ihr Gesicht nicht sehen, ich erfuhr es nicht durch meine Augen, dass sie weinte, sondern durch meine Zunge, ich schmeckte ihre Tränen in meinem Mund. Alles war feucht, wässrig und flüssig, ihre Tränen und unser Speichel mischten sich im Dunkeln. Weine nicht, sagte ich leise zu ihr und strich ihr sachte über die Haare, und sie schüttelte den Kopf, sagte mir, dass sie nicht weine, dass sie doch so glücklich sei, und sie weinte umso stärker, küsste mich immer noch, zog die Nase leicht hoch, nahm ihre Tränen mit ihrer Zunge auf, um sie in unsere Küsse zu mischen, hörte nicht auf, mich zu küssen, und öffnete kaum den Mund, als sie mir sagte, es mir in einem Atemhauch zuflüsterte, in unsere Umarmung, in unsere Küsse hinein, mit einer Spur von Erstaunen: »Aber du liebst mich ja?«